AF206299

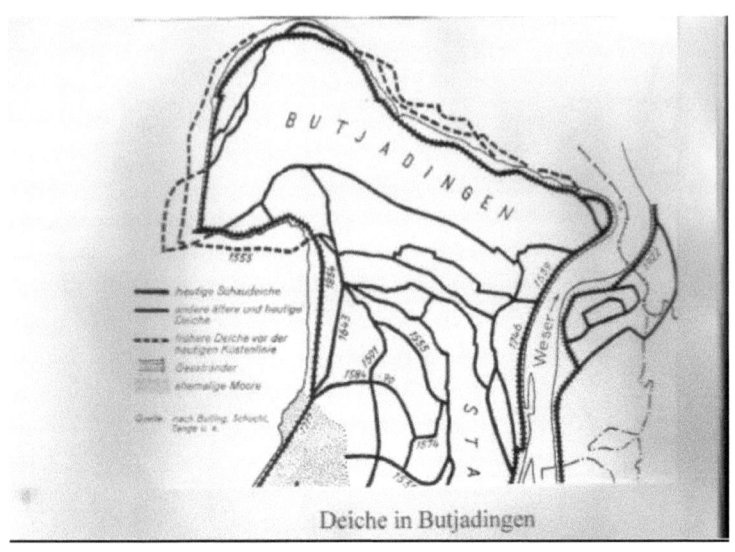

Deiche in Butjadingen

Das allabendlich im Fernsehen
erscheinende urige Butjadingen

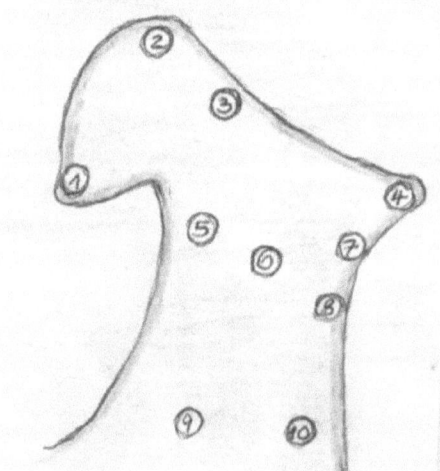

1. Eckwarden
2. Langwarden
3. Burhave
4. Blexen
5. Stollhamm
6. Abbehausen
7. Nordenham
8. Großensiel
9. Schwei
10.Rodenkirchen

Meine Heimat Butjadingen

Die Autorin Sonja Wolff wurde am 18. Januar 1930 in Rodenkirchen geboren. Sie lebt seit vielen Jahren in
Cuxhaven und ist in ihrer Wahlheimatstadt als Autorin
plattdeutscher Geschichten, von Lebensbildern Cuxhave-
ner Persönlichkeiten und engagierte Bürgerin bekannt.
Unter anderem war sie an der Entwicklung des beliebten
Buttfestes beteiligt.

Sonja Wolff

Meine Heimat Butjadingen

und die Geschichte der Rüstringer Friesen

Bibliografische Informationen der Deutschen Nationalbibliothek
Die Deutsche Nationalbibliothek verzeichnet diese Publikation in der Deutschen
Nationalbibliografie; detaillierte Informationen unter http://dnb.d-nb.de

Umschlagfoto und Fotos Regina Dürels, weitere Bilder Archiv Wolff
Originalausgabe

Titelbild: Kirche von Rodenkirchen, Gemeinde Stadland

© 2018, Sonja Wolff
Herstellung und Verlag: BoD – Books on Demand, Norderstedt.
ISBN: 9783748146742

Butjenter

den Butjenter sien Natur,
so still un stiev un faken stur –
jüst as de Bööm üm sienen Hoff,
he schient man bloot so ruug un groff.
wenn di erst sien Vertroon toweiht,
belevst du, dat he to di steiht –
so as de Bööm ut Eekenholt:
truu un eegen, iesern, stolt.

Meiner Freundin Regina Dürels bin ich sehr dankbar. Sie hat mit viel Zeit und Sachkenntnis diese Arbeit unterstützt. Gemeinsam sind wir durch Butjadingen gefahren, damit sie die entsprechenden Fotos beisteuern konnte. Und sie hat all meine Fehler aus dem Text gepickt.
Danke, Regina!

Alma Rogge hat uns ermahnt: „In de Heimatbewegung mööt wi us dorvör bewahrn, dat wi jümmers bloot achterut kiekt: Wo schön dat fröher wäsen is – un dat wi dat all upschrieven un in't Museum bringen mööt. Nee, wi mööt ook dorför sorgen, dat use Tiet ehr eegen Gesicht kriggt – un dat de nedderdüütsche Eegenart lebennig blifft un dat wi dat, wat wi övernahmen hefft, up de verarvt, de na us kaamt."

Ich füge dem hinzu: Meine Heimat hat mich geerdet,
                      sie gibt unumstößlichen Halt.
                      Und wie ihr Zeiten auch werdet,
                      nichts schafft es mit Gewalt,
                      mir den festen Grund zu rauben,
                      gefestigt durch Wissen,
                      verankert im Glauben.

Bedenken wir: Wir sind jetzt das letzte Glied der langen Kette. Erweisen wir uns unserer Aufgabe für würdig und verharren wir in Sammlung, Besinnung und Ehrfurcht vor dem, was unsere Vorfahren geleistet haben, schöpfen wir daraus die Kraft, uns für den Fortbestand unserer Kultur mit Leib und Seele einzusetzen. Reißt die Kette, gibt es keine Zukunft und auch die Vergangenheit ist verloren.

An einer alten Kirche am Meer steht: „Do ye nexte dhinge!"

Wir Butjadinger lieben unsere Heimat, die kleine Halbinsel zwischen Wesermündung und Jadebusen mit den fetten Marschen, umgürtet vom grünen Deich. Wir haben sogar eine eigene Nationalhymne:
„Du liggst so hoch, so stolt un riek dor an de Waterkant…" (Text achteran). Wer kennt das geschichtsträchtige Land, das Land der Rüstringer Friesen, die ihre Freiheit geliebt und noch verteidigt haben, als alle anderen schon aufgegeben hatten?
Diese Halbinsel war einst eine Insel, die wieder mit dem Festland verwachsen ist. Jeden Abend, wenn auf dem Bildschirm meines Fernsehers während der Wettervorhersage die Landkarte von Niedersachsen erscheint, freue ich mich über das Gebilde in Form eines possierlichen Urtieres, das so geduldig zwischen Bremerhaven und Wilhelmshaven hockt.
Butjadingen ist zu Beginn des 20. Jahrhunderts, als es noch zum Land Oldenburg gehörte, vom Heimatdichter Franz Poppe besungen worden: „Butjadingen ist, wenn auch nicht der schönste, so doch der kostbarste Stein in der Krone Oldenburgs. Dieser Edelstein ist ein reines Geschenk der Natur. Wie Ägypten ein Geschenk des Nils, Holland ein Geschenk des Rheines, so ist Butjadingen ein Geschenk der Nordsee und der Weser…" (Aus: Der „Oldenburger Hauskalender" 1941, gedruckt im Verlag Stalling, Oldenburg)
Im Jahre 1923 erschien das letzte Werk dieses Heimatdichters Franz Poppe, auch ein Lob seiner Heimat. Der 29. Vers lautet: „Hier hausen sie, die edelfreien Friesen, / in reichen Höfen, hoher Eschen Hut, / ob ihrer Freiheitskämpfe viel gepriesen, / wie sie getrotzt der Junker Übermut. / Hier hausen sie inmitten weiter Wiesen, / sie, die gekämpft mit Sturm- und Eisesflut, / im Steder,

Jever- und Butjenterlande, / wo Möwen schrei'n am sturmumtosten Strande."

Einführung

W ir sprechen heute von den G r u n d lagen unserer Kultur, von der geschichtsträchtigen Vergangenheit. Grundlagen, darin steckt das Wort GRUND. Ehe sich unser Stamm entfalten konnte, ging es um Grund und Boden. Unsere Vorfahren haben ihn gegen die Urgewalten des Meeres verteidigt und dann kultiviert. Die sattgrüne Marschendecke Butjadingens wurde im Laufe der Zeit mit kostbaren Perlen geschmückt, mit den alten, zum Glück erhaltenen Kirchen auf den Wurten. Die Kirchen riefen mit ihren Glocken nicht nur zum Gottesdienst oder zu den Lebensfeiertagen von der Taufe bis zur Bestattung, sie riefen auch in der Not und waren der sichere Zufluchtsort, wenn Sturmfluten die Deiche durchbrachen und das Land überflutet wurde, und auch, wenn Feinde den Frieden bedrohten. Die Kirchen waren für alle der wichtige Mittelpunkt des Dorfes.

Wenn man bedenkt, dass das Baumaterial, die Natursteine, von weither geholt werden mussten, dann wird ersichtlich, welch kostspieligen Aufwand man betrieben hat. Später konnten in den hiesigen Ziegeleien die Steine gebrannt werden. Da fast alle Orte am Wasser lagen, konnte das Material mit Schiffen transportiert werden, oft im Tauschhandel mit dem, was das Land hergab. Man wollte eine gut ausgestattete Kirche. Die reichen Bauern stifteten kostbare Gegenstände, etwa bunte Kirchenfenster. Dadurch gewannen die Spender an Ansehen und erhofften sich wohl auch Begünstigungen nach ihrem Tod.

Unsere Dörfer lagen im Wirkungsbereich von Arp Schnitger. Die Verbindung wurde noch enger, als der Witwer eine Frau aus Abbehausen heiratete. So kamen die Abbehauser günstig an ihre besondere Orgel. Zum Glück waren die nachkommenden Generationen keine Bilderstürmer oder radikalen Modernisierer. Dadurch blieben die Orgeln und auch die wertvollen Altäre und Kanzeln vom Hamburger Künstler Ludwig Münstermann bis heute erhalten. Auch wegen dieser Schätze ist Butjadingen „stolt un riek".

Unsere Vorfahren waren „deepdenkersch", sie machten sich Gedanken über die Zusammenhänge des Lebens. Das hing mit der rauen See zusammen, mit dem ewigen Kampf gegen den blanken Hans. Dadurch wurden sie mutig, ausdauernd, stark, erfinderisch, aber auch dankbar. An langen Winterabenden hielten sie das Erlebte und Erdachte schriftlich fest. Viele Haus-, Hof- und Dorfchroniken zeugen davon, dass sie sich Rechenschaft abverlangt haben, dass sie nicht gedankenlos in den Tag hineingelebt haben, dass sie die Altvorderen geehrt und das Überkommene bewahrt haben, dass sie stolz waren auf ihren Stammbaum und ihre friesische Herkunft. Sie haben nicht mit dem Schicksal gehadert, sie sind damit fertig geworden.

Die Lehrer in den kleinen Dorfschulen haben sich um die Geschichte der Heimat gekümmert, haben sie vor dem Vergessen bewahrt und weitergegeben. Einer von ihnen war unser beliebter Eduard Krüger, der uns während der Schulzeit begeistert hat. Ein anderer war mein Vater. Wenn ein Bauer auf dem Feld einen Scherben aus früheren Zeiten fand oder einen anderen Gegenstand, dann brachte er ihn zu meinem Vater, dem Lehrer. Er hat die Dinge zusammengetragen und in die Museen gebracht. Dabei hat er mich mitgenommen, mir alles gezeigt und meine Fragen beantwortet. Ich bin ihm dankbar, dass er mich früh eingeführt und so die Heimatverbundenheit geweckt und gefördert hat. Seiner Spur bin ich später gefolgt.

Neben den Chroniken gibt es einen weiteren Schatz: Was unsere Altvorderen sich nicht ER-klären konnten, haben sie im Laufe der Jahrhunderte in mündlicher Überlieferung VER-klärt zu spukreichen Sagen. Die wurden später schriftlich festgehalten. Die Sagen sind wichtige Verbindungsstücke. Sie bauen Brücken über die Zeiten hinweg. Woher kamen die Friesen? Wo liegt der Ursprung unserer Vorfahren?

Was mir an Sagen zu Gesicht gekommen ist, habe ich gesammelt. Wo sie zum Text gehören, habe ich sie eingefügt. Die übrigen stehen am Schluss des Buches.

Es wurde geforscht und gegrübelt. Man kam zu historischen Erkenntnissen und es entstanden die Sagen, von denen die Mönche uns einige überliefert haben.

Ein Beispiel: In Indien lebten einst drei Brüder, Saxo, Bruno und Friso. Als sie mit dem gesamten Geschlecht aus der Heimat vertrieben wurden, stachen sie in See und fuhren fremden Gestaden entgegen, ohne um den Weg zu wissen, ohne ein festes Ziel. Auf dem wilden Meer verloren sie etliche Schiffe mitsamt den Besatzungen. Am Ende gelangten sie in die Nordsee. Dort segelten sie an der Küste entlang, passierten etliche Inseln und hofften, unbewohntes Land zu entdecken. Schließlich fanden sie eine flache, öde Gegend. Hier wurden sie sesshaft, waren fleißig, bauten Häuser, lebten von Ackerbau, Fischfang und Viehzucht und wussten sich gegen neidische Nachbarn zu verteidigen.

Jahre zogen ins Land. Da beschlossen die drei Brüder, den Grund aufzuteilen. Saxo, der älteste, bekam das Land an der Elbe. Deshalb heißt es (Nieder)sachsen. Saxo gründete die Feste Lauenburg, ebenso Stade und Bardowiek. Bruno, dem zweiten Bruder, wurde Land im Südosten zugeteilt. Dort gründete er eine Stadt, die nach ihm Brunswik (Braunschweig) genannt wurde. Weitere Burgen und Schlösser folgten: Goslar, Hannover, Lüneburg. Er war ein kühner Held, der siegreich Kriege gegen seine Nachbarn führte. Der jüngste Bruder Friso gab im Norden Friesland seinen Namen. Sieben Söhne wurden ihm geboren und eine Tochter, Wimed (Wimod?). Sie heiratete einen vom Stamm der Chauken. Vater Friso wies der Tochter Land östlich der Weser zu, das den Namen Wimodigau bekam. Seinen sieben Söhnen schenkte Friso die sieben Seelande, alle an der See gelegen. Sie reichten vom Fluss Sinkfal (bei Brügge) bis Widan in Schleswig. Soweit die Erzählung der Mönche.

Erste Anfänge

Der wirkliche Ursprung soll ein altes Königreich sein, gelegen gegen Mitternacht, im Land der Schweden unter Graf Christoph und dem der Friesen unter König Risbert.

Als Hunger herrschte und große Not, beschloss man, dass ein Teil der Bewohner auswandern sollte. Bei den monatlichen Zusammenkünften sollte das Los entscheiden. Wen das Los traf, der musste unter Androhung der Todesstrafe das Land verlassen. Die Schweden zogen zuhauf mit den Familien und allem Hab und Gut davon. Zwölfhundert Friesen schlossen sich ihnen an. Unterwegs hatten sie sich ihrer Haut zu wehren, wussten aber ihr Gut zu mehren. Schließlich gelangten sie in eine Gegend mit fruchtbarem Boden. Mühsam rodeten sie die Wälder und bestellten die Äcker.

Auch nur eine Sage?

Vor ihren Toten hatten die Friesen großen Respekt. In grauer Vorzeit glaubten sie, dass die Toten „wiedergehen". Warum? Aus Sehnsucht nach den Lebenden oder Sorge um sie? Später gönnte man den Toten ihre Ruhe und sagte: „Wer dot is, de lett dat Kieken."

Oder hatten die Toten doch noch Macht über die Lebenden? Merkwürdige Erlebnisse ließen darauf schließen. Der Sage nach ging ein Mann aus Isens über den alten Friedhof in Waddens, damals noch außerhalb des Deiches gelegen. Er fand einen langen Knochen, vielleicht von einem Menschenbein. Er hob ihn auf und sagte: „Du sollst fortan mein Handstock sein." Kurz darauf bekam er im Bein starke Schmerzen. Die ließen erst nach, als der Mann den Knochen an den Fundort zurückgelegt hatte. Nun ja, es ist eine Sage.

Kehren wir in die Wirklichkeit zurück.

Schon vor den Friesen wurde unsere Heimat von den Chauken besiedelt. Die zogen aber in der Zeit der Völkerwanderung weiter und eroberten gemeinsam mit den Sachsen die britischen Inseln. Und die Wikinger statteten unserer Gegend Besuche ab, blieben aber nicht. Das ist lange her.

Die Friesen besiedelten anfangs an der Nordsee einen schmalen Küstenstreifen. Was sie verband, war die alte friesische Rechtsprosa und der Bund des Upstalsbooms.

Als einige Friesen in Östringen und im Wangerland sich dem Recht gegenüber widerspenstig verhielten, ernannten die Richter Edo Wiemeken zum Häuptling. Er sollte für Ordnung sorgen. Edo Wiemeken war im Land der Rüstringer der vornehmste Herr und ein gefürchteter Krieger. Anfangs wohnte er mit seiner Frau Etta in einem Steinhaus in Dangast. Seine Schwester Jarste hatte er im Stadland mit dem Häuptling Hajo Husseken zu Esenshamm verheiratet. Aber Hajo stieß Jarste von sich und wählte eine andere Frau. Das ließ Edo so wütend werden, dass er sich mit den Bremern verbündete und die Festungskirche in Esenshamm belagerte. Nach zwei Wochen musste Hajo sich ergeben. Edo bat den Bremer Rat, man möge ihm Hajo ausliefern, damit er den Gefangenen auf seine Art töten könne. Er warf Hajo in Jever in den Turm, ließ ihn hungern und zuletzt mit einem härenen Seil in der Mitte durchsägen. So rächte der Friese seine Schwester Jarste auf ähnliche Art, wie der Häuptling Hajo Husseken seine Gefangenen gefoltert hatte. Der hatte ihnen ein härenes Tau um den Leib geschlungen, das er so lange mit einem Knebel enger drehte, bis ihm der Gefangene in Todesangst all sein Hab und Gut auslieferte.

Edo Wiemeken, der Hovetling von Bant, ließ sich von den Bremern ködern. Nur so gelang es, die widerspenstigen Friesen zu unterwerfen. Dabei erstürmten und zerstörten sie 1384 die Kirche zu Esenshamm.

Edo war ein strenger Häuptling und nebenbei ein kühner Seeräuber. Dieser Nebenberuf wurde ihm am Ende zum Verhängnis. Man hat ihn überlistet, gefangen und in den Kerker geworfen, wo er einen erbärmlichen Tod gestorben ist.

Den Friesen fehlte in dem langgezogenen Küstenstreifen ein Mittelpunkt, um den sich ein Staat hätte bilden können. Graf Edzard I. war der letzte Verfechter einer friesischen Staatsidee. Er stammte aus dem Hause Cirksena und wurde zu dem Großen.

Die Friesen waren ein freies Volk, niemandem untertan. Bis ins 14. Jahrhundert gliederten sie sich in Bauernschaften, die sich selbst regierten. Mit der Zeit gelangten einige ihrer Häuptlinge zu Ansehen, wurden mächtiger als die anderen und bauten ihre Herrschaft aus, besonders die aus der Familie tom Brock.

Ulrich Cirksena erlangte als erster den Grafentitel. 1464 belehnte ihn Kaiser Friedrich III. mit der Reichsgrafschaft Ostfriesland. Nach seinem Tod übernahm die Witwe die Regentschaft für die beiden Söhne, zuerst für Enno I., nach dessen Tod für Edzard I., geboren 1462. Als die Mutter starb, übernahm Edzard I. die Herrschaft über Ostfriesland, siegte in allen Kriegen, setzte sich sogar durch, als ihn die Reichsacht traf und er in große Bedrängnis geriet. Gegen alle Widerstände gelang es ihm, zuerst das Jeverland zu erwerben und dann Butjadingen. Damit hatte er die Weser erreicht. Im Regieren bewies er eine geschickte Hand und brachte gegensätzliche Bewohner unter einen Hut. Er war ein guter Landesvater, kümmerte sich um das Rechtswesen und erließ eine Deichordnung. Tief beeindruckt vom Protestanten Luther, führte er die Reformation ein, war aber anderen Auffassungen gegenüber tolerant. Edzard I. starb, hoch geehrt, am 16. Januar 1528.

Was alle Friesen verband, war die Sprache, wenn sie auch örtliche Verschiedenheiten aufwies. Es entstand eine breit gefächerte, plattdeutsche Literatur, aus der später die Märchenwelt des Oldenburgers Wilhelm Wisser herausragte.

Zu erwähnen ist auch der Backstein- und Klinkerbau. Davon zeugen noch heute viele gut erhaltene Gebäude. Im Spiegel der Sagen lässt sich die Lebensart und die Lebenseinstellung unserer Vorfahren erkennen. Man muss bedenken, dass sich bei einer Sage um den Wahrheitskern im Laufe der Zeit eine Hülle aus mündlich Überliefertem gebildet hat. Nicht immer kann man des Pudels Kern noch herausschälen. Das wäre Stoff für eine große wissenschaftliche Arbeit.

In unserer Heimat lagen die ersten Siedlungen auf natürlichen Sandkuppen, an den Flussufern, auf Geestrücken. Ein beredtes Zeugnis ist das Bronzezeithaus in Rodenkirchen.

Die Landschaft Butjadingens

Der Sage nach war früher die Wesermündung so schmal, dass die Leute in Mulsdorf einen Steg darüberlegen konnten, um zum Gottesdienst nach Blexen zu gehen. Nun ja… Das Kirchspiel Waddens reichte einst fast bis ans Land Wursten und Langlütjensand war fruchtbares Grasland.

Als es in Ururzeiten eine feste Landverbindung zwischen England und Frankreich gab, die „Höveden", war die Nordsee viel zahmer. Es gibt verschiedene Sagen, die vom Durchstechen der Höveden erzählen und vom dadurch bedingten Untergang vieler Landstriche. Aber in Wahrheit war nicht Menschenwerk die Ursache der Veränderungen, sondern die Naturgewalten. Nur fanden die Menschen keine Erklärungen dafür.

Die Nordsee ist ein flaches Randmeer. Die Höhe des Wasserspiegels hat sich in Jahrtausenden verändert. Am Ende der letzten Eiszeit war der Wasserstand der Weltmeere wesentlich tiefer. Als dann die Gletscher, die weit ins Binnenland reichten, abschmolzen, füllten sich die Meere.

An unseren Küsten herrscht eine enorme Dynamik. Das kann man in unserem einzigartigen Wattenmeer beobachten. Der ewige Gezeitenstrom dringt weit in die Flussmündungen ein. Dort, wo wir jetzt mit Schiffen und Booten den Jadebusen befahren, dehnte sich einst fruchtbares Land mit den sieben blühenden Kirchdörfern Ellens, Hiddels, Ahm, Seediek, Oldebrügge, Berdum und Bant. Die Jade war nur ein schmaler Fluss und ließ sich leicht überqueren. Der Sage nach hatte man an der Mündung der Jade einen Siel aus Kupfer angelegt, den „Schlicker Siel".

In Butjadingen gab es anfangs nur wenige Bewohner. Die schützten sich vor Überflutungen, indem sie für ihre Häuser Erdhügel aufschichteten, die Warften oder Wurten. Mit dem stetigen Anstieg des Wassers wuchsen die Wurten. Waren sie um 700 n. Chr. etwa 1 Meter hoch, so erreichten sie um das Jahr 1000 bereits eine Höhe von 2,5 Metern.

Dann erfand man eine andere Schutzmöglichkeit. An verschiedenen Küstenstrichen baute man Wälle, Deiche, zunächst etwa 1 Meter hoch. Sie bremsten die Kraft der Fluten, sodass die Wurten trocken blieben. Da die Küstensenkung sich fortsetzte bzw. der Wasserspiegel stieg, mussten die Deiche wachsen. Am Ende hatte man in Gemeinschaftsarbeit einen zusammenhängenden Deich gezogen und erhöhte ihn immer wieder. So ist es bis heute geblieben, nur müssen die Bürger sich nicht mehr dafür einsetzen. Deichbau ist eine öffentliche Aufgabe geworden. Jetzt beschleunigt die Erderwärmung den Anstieg des Meeresspiegels. Die Natur fordert die Menschen immer wieder heraus, zum Beispiel im Jahre 1962. Da unsere Deiche nicht bis ins Unermessliche wachsen können, wird es höchste Zeit, dass die Menschen umdenken.

Im Jahre 1164 gab es den ersten Einbruch der Jade. Dann war 1334 die Clemensflut so verheerend, dass der Fluss Jade sich stark verbreitete und Butjadingen zur Insel wurde. Das ist zum Glück längst Vergangenheit. Das Land in Butjadingen, der Klei, hat die Bauern reich gemacht und den Klee und das Gras üppig wachsen lassen. Der Graf von Oldenburg soll auf diesen Wohlstand neidisch gewesen sein. Er soll heimlich für den Durchstich des Deiches gesorgt haben.

Wurde der Siel zur Unzeit geöffnet, strömte das Wasser ins Land und überflutete alles. Menschen und Vieh fanden den Tod. Wohl zog sich das Wasser zurück, aber fortan wirkten Ebbe und Flut sich aus. Die Rüstringer sollen weiterhin in Sorglosigkeit, ja Völlerei gelebt haben. Es soll ein Kloster gegeben haben, groß und reich, dem St. Johannes geweiht. Die Mönche sollen in ihrer Lebensführung kein Maß gekannt haben. Nach etlichen Vorwarnungen brach in der Antoni-Nacht 1511 eine solche Flut herein, dass das Kloster unterging. So sagt man.

Der „Hohe Weg", später eine Sandbank in der Wesermündung, war noch festes Land. Es gehörte zum Kirchspiel Langwarden. Hier sollen die Bauern so reich gewesen sein, dass sie ihre Pferde mit goldenen Hufeisen beschlugen und Pflugscharen aus Silber schmieden ließen.

Sie sollen vier Schimmel vor die Wagen gespannt und es immer toller getrieben haben. Vor lauter Übermut haben sie mit dem ehrwürdigen Prediger ihren Schabernack getrieben. Da soll Gott sie bestraft haben, indem er das Land überflutete. Nur der Prediger habe sich bei Tossens auf einen Hügel retten können. Die Erhebung soll seither Burgenburg genannt worden sein. Als die See verebbte, seien die Herren vom Hohen Weg verschwunden gewesen. Man sagt, geblieben ist die Sandbank.

An den Ufern entstanden Häfen. Wichtig war auch das Anlegen von Sielen. Die Siele waren die Nahtstelle. Hier floss das Wasser aus dem Binnenland durch Eichenbohlen in die See. Siele und Häfen gehörten zusammen. An den Außentiefs konnten sich Schiffer und Fischer niederlassen. Anfangs waren diese kleinen Siele die Tore zur Welt. Später entstanden hier größere Häfen.

Viele der alten Siele sind verschlickt, verschwunden, vergessen. Geblieben sind Namen wie Tettensersiel und Waddensersiel (das alte Waddens). Ein ähnliches Schicksal drohte dem Burhaver Siel. Zum größten Butjadinger Sielhafen wurde Fedderwardersiel, heute noch wichtig für Kutter und Sportboote und inzwischen bei den Urlaubern sehr beliebt. An der Weser wurde der alte Strohauser Siel aufgegeben, ebenso Absersiel und Golzwardersiel. Dann gab es noch den Bullenser Siel, der lag sozusagen an der Nasenspitze Butjadingens. Woher hatte er seinen Namen? Wenn die See ihre Wogen gegen den Siel trieb, ertönte ein dumpfer Schall, der die Menschen erschauern ließ. Über dem Abser Siel brachte man den Spruch an: Dat Water fallt, / dat Water waßt, ick bün de Siel, / ick stah fast. Und beim Madesiel: Een goden Siel un een fasten Diek, de maakt de Minschen drög un riek.

Wo jetzt Schiffe das Wasser des Jadebusens befahren, erstreckte sich früher fruchtbares Land mit blühenden Dörfern zwischen sattgrünen Weiden. Das wissen wir. Man sagt, die Bewohner hätten vergessen, woher ihr Reichtum stammte. Anstatt dankbar zu sein, sollen sie über alles gespottet haben, was heilig war. Die Sieltore seien nicht aus Holz gewesen, sondern aus Erz, wie sie stolz prahlten. Ein Geistlicher soll versucht haben, sie mit mahnenden Worten zur Vernunft zu bringen. Aber sie hätten ihn nur ausgelacht und es noch toller getrieben. Sie hätten einer Sau Kleider angezogen, sie ins Bett gelegt und den Geistlichen kommen lassen. Er möge einer Sterbenden das letzte Abendmahl geben. Dann hätten sie ihn in die Kammer geführt, die Tür abgeschlossen und gelacht und gespottet. Der Geistliche habe gedroht, Gott würde sie nicht ungestraft lassen wegen ihrer Freveltat. Aber die übermütigen Bauern hätten ihn nicht ernst genommen, dann aber die Tür geöffnet und den Geistlichen freigelassen.

Es soll nicht lange gedauert haben, da sei die Magd des Geistlichen in seine Studierstube gestürzt und habe schreckensbleich berichtet, aus den Fugen des Küchenbodens hätten sich drei Aale herausgeschlängelt. Der Geistliche habe die Botschaft verstanden, schleunigst anspannen lassen und sei mit der Magd geflüchtet. Kaum sei er in Sicherheit gewesen, da habe der Erdboden angefangen zu krachen und Stück für Stück sei das Land im Meer versunken. Der Pfarrer habe sich auf eine Anhöhe zu retten versucht, dabei sei der Deichselbaum gebrochen. Da habe der Mann sich auf den höchsten Punkt gerettet. Das Wasser sei an der Stelle zum Stehen gekommen, wo der Wagen liegengeblieben war. Später habe man dort einen Pfahl in den Erdboden gesteckt. Hier sei dann ein Dorf entstanden, das habe man Stickhusen genannt. (Diese Sage entstammt der Sammlung von Friedrich Köster.)

Die alten Jedutenhügel

Durchstreift man unser Butjadingen, dann begegnen einem Boten aus alten Zeiten, die Jedutenhügel. Wo ich auch fragte, was es damit auf sich habe, überall nur Mutmaßungen, die mich nicht zufriedenstellen konnten. Internet habe ich nicht, also musste ich in meiner Bibliothek auf Spurensuche gehen.

Bei Enno Eide Siebs fand ich in einem Aufsatz von 1954 die überzeugende Erklärung: Grabhügel waren es nicht, dann hätte man Gebeine darin finden müssen. Benno Eide Siebs bestätigte die Bedeutung des Wortes, die ich in meinen alten Wörterbüchern gefunden hatte: Das Wort JEDUTE oder JODUTE war einst Kampf-, Schlacht- oder Sammelruf, der Ruf unserer Vorfahren, wenn Gefahr drohte. Erklang dieser Alarm, begaben sie sich eilends zu dem erhöhten Platz, von dem der Ruf erschollen war. Diese künstlichen Erderhebungen sind, wenn sie nicht eingeebnet wurden, heute noch erkennbar und als Jedutenhügel bekannt.

Vor noch gar nicht so langer Zeit soll man im Land Angeln den Sammelruf als JEWETUTEN bezeichnet haben. Dieses angelsächsische Doppelwort ist hilfreich bei der Erklärung. Der erste Bestandteil des Wortes, das niederdeutsche JEWEN (niederländisch jouwen) bedeutet: Lärm machen. Der zweite Teil ist uns nicht unbekannt.

TUTEN kommt noch in unserer Umgangssprache vor und lässt sich zurückführen auf das mittel- und niederdeutsche Wort TUTEN, d. h. „blasen". Also bedeutet JEWETUTEN, das zu JEDUTEN wurde, nichts anderes als „Lärm schlagen". Wann schlagen und schlugen die Menschen Lärm, außer bei Gefahr?

Die Volksbräuche überliefern, was heute vielerorts noch üblich ist: In der Neujahrsnacht oder auf anderen Jahreszeitenfeiern wird besonders von der Jugend gelärmt, geknallt, gepoltert. Wir haben unseren Spaß und denken uns nichts mehr dabei. Es ist eben so der Brauch. Unsere Vorfahren kannten den Grund: Sie wollten das Böse vertreiben. Mit Lärm Geister zu vertreiben, ist in verschiedenen Ländern und auf verschiedenen Kontinenten üblich. Ich kann mich daran erinnern, dass in meiner Kindheit auf dem Land die Nachbarn in der Silvesternacht einen Stein vom Boden aufgehoben und damit in großen, kreisrunden Bewegungen über die Außenwand gerieben haben. Im Haus hörte man den Krach. Krach machten die Menschen auch, wenn ein Feind oder eine andere Gefahr drohte. In späteren Zeiten ließ man die Kirchenglocken läuten, heute lässt man die Sirenen heulen.

Nach der Schlacht von 1115 am Welpesholz (Kaiser Heinrich V. gegen sächsische Fürsten) errichteten die Sachsen das Standbild eines geharnischten Mannes, den sie JODUTT oder JADUTT / ZEDUTT nannten. Sie sollen ein Spottlied gesungen haben: „Sankt Jedut war ein heil'ger Mann und als der Feind kam, ging er voran…" Sie sangen einem Götzen. Auch in Paderborn soll so ein geharnischter Jedute gestanden haben.

Bei Lehe soll es Jedutenhügel gegeben haben, die waren mit Götzenbildern gekrönt. Ähnliches erzählt man von Plitenberg bei Leer. Man soll sogar dem Roland in Bremen „Jedute" zugerufen haben. Darüber habe ich nichts Näheres gefunden. Das wissen wir doch: Was man sich nicht ER-klären konnte, das wurde in Sagen VER-klärt.

Wie sind später die Christen mit den Jedutenhügeln aus vorchristlicher Zeit umgegangen? Oft hat die Kirche heidnische Heiligtümer nicht vernichtet, sondern den Stier bei den Hörnern gepackt und christliche Kapellen und Kirchen neben oder auf den heidnischen Stätten erbaut.

Im Laufe der Jahrhunderte ist die Bedeutung der Jedutenhügel verlorengegangen. Wie gut, dass man sie nicht alle geschleift hat. Sie sind Mahnmale aus der Zeit unserer Vorfahren.

Das Stadland

Stadland und Butjadinger Land, das sind die beiden nördlichsten Marschen westlich der Weser. Sie haben vieles gemeinsam, unterschiedlich ist: Das Stadland ist Flussmarsch, Butjadingen ist Seemarsch. Das kann man schon an dem Pflanzenbewuchs erkennen.

Früher hieß das gesamte Gebiet Rüstringen. Erst mit den Veränderungen des Jadeflusses kam der Name Butjadingen auf (buten der Jade). Das Land ist nicht völlig platt, vielleicht hängt das leicht Wellige noch mit der früheren Inselbildung zusammen, zum Teil mit den eingesunkenen Wurten und Überbleibseln der Eiszeit. Stadland und Butjadingen unterscheiden sich auch durch die Kultur. Im Stadland gab es gepflegte Marschenhöfe, Felder im besten Zustand und Viehzucht von großer Bedeutung, überall holländisch anmutende Ordnung und Reinlichkeit und überall sesshafte, reiche, alte Familien. In Butjadingen gab es anfangs mehr Einzelhöfe, auch stattlich, reich, umgeben von Graften und hohen Bäumen, zumeist Eichen.

Im Jahre 1720 entdeckte in Butjadingen der Hausmann (einer, der ein Haus besitzt) Jürgens die merkwürdige Wirkung der Kalkerde, die bei ihm in langen Bänken das Erdreich durchzog. Jürgens wurde der erste Wühler (Rigoler) in dieser Gegend. Andere taten es ihm nach. Man wühlte die Kalkerde hoch und breitete sie auf den Feldern aus. Dadurch wurde in Butjadingen der Ackerbau erfolgreicher. Die Bauern, die auf ihrem Land eine Kalkbank fanden, fühlten sich wie Schatzgräber.

Im Stadland mit den fetten Weiden widmete man sich mehr der Viehzucht. Der Viehhandel brachte dem Stadland eine Blütezeit. Hier wurden die Ochsen großgezogen, die Wilhelm Müller aus Nordenham per Dampfschiff nach England exportierte.

Wer im 19. Jahrhundert durch die Lande reiste, hatte seine Freude an der weiten Landschaft, an den Dörfern, in der Mitte auf einer Wurt die trutzige Kirche. Die Kirchen wurden oft aus Gestein gebaut, das von weit her auf dem Wasserweg transportiert werden musste. Auch das spricht für den Reichtum unserer Vorfahren. („Bilder von der deutschen Nordseeküste" von F. W. Otto Lehmann, 1885, Leipzig/Berlin)

In den zwanziger und zu Beginn der dreißiger Jahre des 20. Jahrhunderts erlebten die Küsten- und Flussfischer an der Jade und an der Wesermündung ihre große Zeit. Kutter fuhren hinaus zum Fangen von Granat (Krabben), Butt (Schollen), Aal und Stint.

Es gab auch Frachtschiffe. Noch im Ersten Weltkrieg fuhr Johann Schmidt von Waddensersiel mit seinem Frachter bis Schweden. Im 19. Jahrhundert war Fedderwardersiel ein wichtiger Umschlagplatz für Getreide, Holz und Steine. In Großensiel wurde Kies verladen. Und Nordenham, das wusste jedes Kind, verdankte Ende des 19. Jahrhunderts seine Entstehung dem Verladen der Ochsen nach England.

Um die Jahrhundertwende war die Granatfischerei noch eine arge Plackerei. Da schoben oft Frauen den Schiebehamen mit Druck hin und her. Dabei reichte ihnen das Wasser bis zum Leib. Außer dem Hamen mit dem Netz gehörten zur Ausstattung zwei große Kiepen aus Flechtwerk und ein Tragejoch. Diese Art des Krabbenfangs war Schwerstarbeit. In ihren Körben schleppten die Frauen mit dem Joch (Jück) die damals noch daumendicken Granat übers Watt, durch den Groden und über den Deich. Zu Hause wurde der Fang in Meerwasser gekocht und ausgesiebt. Der Verkauf musste schnell erfolgen, da man noch keine Kühlmöglichkeiten hatte. Die Frauen zogen übers Land und boten ihre Ware an, den Liter Granat für 20 Pfennig.

Man konnte auch mit Stellnetzen im Priel arbeiten, wie es in Burhave und Sillens üblich war. Noch in den zwanziger Jahren des 20. Jahrhunderts wurden Netze und Pfähle mit dem Tragejoch über den Deich gebracht, umgeladen auf eine Karre, die man zur Abbruchkante schob. Dort wurde umgeladen auf den „Schusch", den Schlickschlitten, den man übers Watt zum Fahrwasser zog, wo man alles auf Boote umladen musste. Endlich ging es zu den Aufstellplätzen. Was für ein Aufwand! Und mit dem Fang das Ganze in umgekehrter Reihenfolge!

Reich wurden die Fischer nicht. Nebenher betrieben sie eine kleine Landwirtschaft mit der Kuh im Stall, dem Schwein zum Schlachten im Koben und mit ein paar Hühnern. So war man weitgehend Selbstversorger. In diesen Fischerfamilien kümmerten sich die Frauen um die Kinder, den Haushalt und das Vieh. Und im Winter? Dann wurden Netze „gestrickt", geknotet, die Boote überholt und die Segel repariert. Fremdenverkehr gab es noch nicht. Wo hätte man die Gäste in den kleinen, reetgedeckten Katen auch unterbringen sollen? Wer hätte sich neben all der Arbeit um sie kümmern sollen?

Als dann die Fischerei mit Schiffen und Schleppnetzen begann, änderte sich alles. Wer sich anfangs noch kein Schiff leisten konnte, zog die Netze von Hand übers Watt. Zu Beginn des Jahrhunderts wurden die ersten Boote mit einem Motor ausgestattet, zuerst betrieben mit Petroleum. Dann kamen Benzin- und zuletzt Dieselmotoren auf. Jetzt konnte man weiter hinausfahren zu lohnenderen Fanggründen und mit zwei Kurren (Grundschleppnetzen) gleichzeitig fischen. Zuerst übernahmen die Frauen noch das Kochen und den Verkauf. Sie zogen wieder von Haus zu Haus.

Nach Krieg und Inflation ging es aufwärts. Um 1925 erschienen in den Häfen die ersten motorisierten Krabbenhändler. Sie kauften die Ware auf, die jetzt in großen Kesseln an Bord gekocht wurde. Die Händler belieferten die umliegenden Städte. In Fedderwardersiel wurde eine Genossenschaft gegründet, die sich um den Verkauf der Granat kümmerte und auch um den Absatz der ausgesiebten kleinen Tiere (Beifang), die zu Futter verarbeitet wurden. Reich wurden die Fischer immer noch nicht, nur wurde ihnen die Arbeit wesentlich erleichtert.

Manchmal gab es einen Glückspilz. Einmal hatte ein kleiner Fischer großes Glück. Anfang Juni 1883 konnte man in der Butjadinger Zeitung lesen, dass ein Granatfischer am Sillenser Deich beim Einziehen seines Netzes einen Stör entdeckt habe mit einem Gewicht von 150 Pfund. Das hatte sich gelohnt!

Wenn es im Hochsommer zu heiß war und man die leicht verderbliche Ware nicht schnell genug absetzen konnte, rüsteten die Krabbenfischer zur Freude der Dorfbewohner und der ersten anreisenden Badegäste zur Kutter-Regatta. Diese Gäste verschafften den Fischern ein leicht verdientes Zubrot, indem sie sich zu den Sänden mit den dösenden Seehunden oder zu den Leuchttürmen schippern ließen. Die Fischer kannten sich im Wattenmeer aus und wussten viel zu erzählen, wobei sie die Tatsachen gerne mit dem beliebten Seemannsgarn umspannen. Endlich gelangten viele Fischerfamilien zu bescheidenem Wohlstand. Die Dörfer erblühten. Einige Orte in Butjadingen/Rüstringen hoben sich hervor durch Handel und Wandel. Andere wurden bekannt durch kriegerische Auseinandersetzungen.

Das Kleischießen

Im „Oldenburgischen Hauskalender" von 1948 fand ich einen Text über das „Kleischießen". Der Autor Chr. Künnemann in Sehestedt nannte diese schwere Arbeit die „Heldentat friesischer Bauern".

Hier eine verkürzte Wiedergabe: Unter dem Jadebusen liegt noch ein anderer, wesentlich größerer Jadebusen, der vor 5000 Jahren während der dritten Senkung entstanden ist, als unsere Küste 8,50 Meter niedriger war. Dieser Jadebusen reichte 2000 Jahre lang bis Oldenbrook bei Brake. In dieser langen Zeitspanne trug die Flut zweimal am Tag den fruchtbaren Schlick hierher, bis der Klei 4 bis 6 Meter dick wurde. Dann hob die Küste sich um 3 Meter. Das Wasser im Jadebusen wurde flacher und süßte aus. Als es nur noch 50 cm tief war, wuchs hier Reit. Zwischen Oldenbrook und Wilhelmshaven dehnte sich ein unübersehbares Schilffeld aus. Daraus wurde das Schilfmoor, das immer dicker wurde. Die Schilfpflanzen zogen ihre Kraft aus dem fruchtbaren Klei. Schließlich war das Moor so dick, dass die Schilfwurzeln den Klei nicht mehr erreichen konnten. Die Halme gingen ein. Jetzt wuchsen hier Seggen, aus denen Seggentorf wurde. Dann konnte hier Bruchwald wachsen. Auf der gesamten Moorfläche entstand ein Wald, zuerst aus Erlen und Birken, dann folgten Kiefern und Eichen.

Als 1935 die große Flut nördlich der Schlengenbude in Norderschweiburg den Schlick wegspülte, kamen hier Stubben des toten Waldes zum Vorschein. Man erkannte, dass auch Schweiburg, Rönnelmoor usw. auf einem untergegangenen Wald entstanden waren. Auch dieser Wald war am Ende ausgehungert. Die Stämme faulten. Der stürmische Nordwest knickte sie um. Geblieben sind nur Stämme, die im weichen Moor luftdicht konserviert wurden. Noch in jüngster Vergangenheit kamen einige zum Vorschein. Bauer Bartels in Schweiburg hat sich aus einem solchen Eichenstamm eine Flurgarderobe tischlern lassen. Das Holz war durch und durch torfschwarz.

Und wie ging es weiter? Über dem toten Wald bildete sich ein großes Hochmoor. Wie es ausgesehen hat, kann man am „schwimmenden Moor" von Sehestedt erkennen.

Seit Christi Geburt begann unsere Küste sich wieder zu senken. Der Höhenunterschied betrug etwa 6 Meter. Die fortdauernde Senkung hatte zur Folge, dass bald das Meer das Moor überschwemmen konnte. Im Jahre 1334 entstand dort, wo wir in Schweiburg und Jade heute Marsch haben, die Friesische Balge. Und 1362 zerstörte die Marcellusflut das Moor in Seefeld und östlich von Schwei und Frischenmoor. Bei Brake brach die Flut durch zur Weser. Ein neuer Jadebusen entstand. Zwischen Lockfleth und der friesischen Balge blieb das große Friesische Moor.

Seit Luthers Zeiten begann man damit, das Meer zurückzudrängen. Der Deichbau wurde mit Sachverstand betrieben. Seit dieser Zeit wurde das Moor mit scharfen Torfspaten in Soden abgetragen. Wo die Torfschicht verschwunden ist, entstanden saftige Weiden.

Was für eine schwere Plackerei hinter dem „Kleischießen" gesteckt hat, ist unvorstellbar. Nirgendwo wird davon lobend oder rühmend gesprochen. Man bedenke: Um 1 ha Marschenweide entstehen zu lassen, müssen 30 bis 40 Kubikmeter Klei (oder Moor) bewegt werden. Das Riesenwerk der schuftenden Menschengenerationen ist vergessen. Der Segen ihrer Arbeit ist uns geblieben.

Diese Arbeit bezeichnete man als „Kleischießen", ein komplizierter Vorgang, der in meiner Quelle in einer Skizze dargestellt wurde.

Bei A ist der Torfspitt des letzten Jahres. In diese Kuhle wirft man im Frühjahr das obere Moor B. Danach wird die Moorschicht C zu Torfsoden gestochen. Ist die ganze Moorschicht abgegraben, dann steht der Bauer auf dem fruchtbaren Klei des vorgeschichtlichen Jadebusens. In welcher Reihenfolge die Schichten abgegraben werden, wird durch die Skizze zu verdeutlichen versucht. Noch einmal der Reihe nach: A ist das Torfspitt des letzten Jahres. (1 Spitt = 1 Spatenstich), also eine Vertiefung. Da hinein wirft man im Frühjahr das obere Moor B. Danach wird die Schicht C abgestochen, bis der Bauer unter C auf dem Klei des Jadebusens steht.

Die obere Schicht (1 Spitt) dieses Kleibodens ist durch die Reetwurzeln völlig entkalkt. Man wirft sie als Schicht D auf Moor A. Auch die folgende Schicht (wieder 1 Spitt) ist noch kalkarm. Sie wird abgelagert (als Schicht E) auf Schicht D. Jetzt ist man beim kalkreichen, fruchtbaren Klei angekommen. Dieser fette Klei wurde 2 Spitt tief ausgehoben und nach oben (F) geworfen. So wurde in schwerer körperlicher Arbeit, klug durchdacht, der Klei etwa 90 cm tief vollständig umgedreht. Was oben war, kam nach unten, das Untere obenauf. Dieser Klei ist überaus fruchtbar. Und wir verstehen, was „Kleischießen" bedeutet und wozu es gut war. Wie dankbar müssen wir den „Kleischießern" sein!

Mein Großvater hatte sich als junger Bauer ein Stück Moor zugelegt. Er hat sein langes Leben damit verbracht, die Schichten abzutragen. Daher weiß ich, was für eine Knochenarbeit das Moor den Menschen früher abverlangt hat, bis man die großen Maschinen erfand. Wie viele Generationen haben im Moor geschuftet!

Anzumerken ist noch, dass vereinzelte Kleilagen mit Schwefeleisen durchsetzt waren. Hier bildeten sich giftige Böden, die einer besonderen Behandlung bedurften.

Nur wenn man sich ernsthaft mit der Vergangenheit, mit dem Leben unserer Vorfahren, befasst, bekommt man Ahnung und Hochachtung vor ihrer Leistung.

In Schweiburg und Seefeld grasen die Kühe auf Klei, der 200 bis 300 Jahre alt ist, aber um Sehestedt grasen sie auf

Klei, der 4000 Jahre alt ist. So umschichtig ist der Boden, auf dem wir leben.

Vor den Füßen unserer Halbinsel Butjadingen, in Sehestedt bei Jade, haben wir immer noch ein schwimmendes Moor, mit dem sich sogar Professor Oga aus Japan befasst hat. Im Dezember 1957 hat er darüber in Rodenkirchen einen Vortrag gehalten. Auch ein Redakteur aus New York erkundigte sich beim Bürgermeister von Jaderberg nach diesem schwimmenden Moor. Elimar Böning meinte: „Tja, wenn dat so is, dat use Moor in Amerika un Japan bekannt is, denn mööt wi us schamen, dat wi noch nich mal dorwesen sünd."

Elimar Böning war ein vielseitiger Zeitungsmann und unermüdlicher Heimatförderer. 1834 wurde die „Butjadinger Zeitung" gegründet, bei der Elimar Böning eingestiegen ist. Er wurde Baas des „Rüstringer Heimatbundes", der 1892 von Hermann Allmers gegründet worden war. Elimar verstand es, viele neue Mitglieder zu werben. In meiner Jugendzeit folgte ihm als Baas Eduard Krüger. Diese Männer haben viel für unsere Heimat getan.

Wenden wir uns wieder unseren Vorfahren zu.

Freiheitskampf der Stedinger

Im 11./12. Jahrhundert war an den Ufern der Unterweser ein Bauernvolk ansässig. Zwischen Weser und Hunte gab es nur Sumpf und Moor. 1062 schenkte Kaiser Heinrich IV. dem Erzbischof von Bremen diesen Landstrich. Zuerst wurden die höher liegenden Sandrücken besiedelt, dann das übrige Land entwässert und kultiviert.

Man nannte die Siedler hier „die Leute vom Gestade", daraus wurden die „Stedinger".

Sie machten das Land urbar und zahlten ihre Abgaben. Drei Generationen mussten sich abrackern. Das fruchtbare Land wurde durch Deiche gesichert. Es entstanden Dörfer, die sich zu Gemeinden zusammenschlossen, um sich in Kriegs- und Notzeiten gegenseitig beistehen zu können. Anfangs waren sie freie Bauern, bis die Karolinger sie zu Frondiensten verpflichten wollten. Die Stedinger wehrten sich dagegen. Im Jahre 1204 wagten sie die erste gemeinsame Erhebung gegen den Erzbischof von Bremen, Hartwig II. Vorübergehend kam es zu einer friedlichen Einigung. Da die Forderungen des Erzbischofs zu hoch wurden, standen die Stedinger zur Wahrung ihrer Rechte immer wieder auf. Sie beriefen sich auf die Privilegien, die der frühere Erzbischof ihnen für treue Dienste zugesichert hatte.

An den Grenzen hatten die Erzbischöfe Zins-/ Zwingburgen errichtet. Von hier aus führten sie ein hartes Regiment, grausam und ungerecht, in Missachtung des Bauernstandes. Die Stedinger beschwerten sich – ohne Erfolg. Da standen sie alle treu zusammen und verteidigten ihre Rechte. Sie besetzten die Zins- und Zwingburgen. Es gab immer wieder Auseinandersetzungen und Einigungen, bis 1219 Gerhard II. von der Lippe das Bistum übernahm. Der neue Herr war noch strenger und rücksichtsloser beim Erheben von Steuern. Als er versuchte, seine Forderungen mit Gewalt durchzusetzen, zwangen die Stedinger die Peiniger zur Flucht. Dieser offene Widerstand verschaffte dem Erzbischof die Handhabe, mit einer Streitmacht gegen die Stedinger zu ziehen.

Am 23. Dezember 1229 standen sich die Feinde gegenüber. Und die tapferen Stedinger trugen den Sieg davon.

Der Bruder des Erzbischofs fiel auf dem Schlachtfeld. Umso entschlossener rüstete der Erzbischof jetzt gegen die Stedinger. Er verbündete sich mit dem Papst. Die Stedinger wurden am 17. März 1230 im Dom zu Bremen zu Ketzern erklärt. Die Beschuldigungen entbehrten zwar jeder Grundlage, aber im ganzen Land wurden die Stedinger jetzt von den Kanzeln herab verketzert. Gegen eine so hohe Übermacht konnten sie sich nicht mehr wehren. Ihre Kirchen wurden geschlossen, die Kinder nicht mehr getauft, die Toten nicht mehr christlich begraben, den Trauungen der Ketzer der christliche Segen verwehrt. Die Fronten verhärteten sich. Am Ende ging es den Stedingern nur noch um die Freiheit. Sie bauten ihr Land zum Bollwerk aus.

Der Erzbischof, damals Gerhard II., war fest entschlossen, dieses Bauernvolk endgültig zu vernichten. Mithilfe des Papstes, Gregor IX., rüstete er zum Kreuzzug gegen die Stedinger. In allen deutschen Landen und bei den Nachbarn hatte man dazu aufgerufen und zum Lohn den Ablass von Sünden versprochen. Ein Riesenheer zog gegen das kleine Land Stedingen. Es ging um Leben oder Tod. Erbittert verteidigten sich die Bauern. Der Kampf blieb unentschieden und forderte viele Verluste. Die Stedinger waren zäh. Da griff der Erzbischof zu teuflischen Listen und Tücken, um endlich den Sieg zu erringen. Im Frühling 1234 fiel die Entscheidung. Am 27. Mai standen drei- bis viertausend Stedinger mit ihren üblichen Waffen bei Altenesch einer siebenfachen Übermacht gegenüber. Die Führer der Bauern waren: Bolko von Bardenfleth, Tammo von Huntorp, Detmar vom Dieke.

Mit ihrem riesigen Heer überrannten die Feinde Stedingen und vernichteten die tapferen, freiheitsliebenden Bauern, die nur noch Gott um Hilfe bitten konnten. Das

Land fiel den Heerscharen zum Opfer, die Dörfer wurden niedergebrannt, Männer, Frauen und Kinder als Ketzer brutal vernichtet – im Namen Gottes. Im Namen Gottes? Die Stedinger waren ausgelöscht…

Wie groß war der Freiheitswille dieses Bauernstammes, dass ein internationales Heer am Ende dagegen rüsten musste!

Ich weiß, Stedingen gehört nicht zu Butjadingen. Aber der Freiheitskampf war von großer allgemeiner Bedeutung für die Friesen. Außerdem stammte meine Großmutter väterlicherseits von dort, eine tapfere Frau. Aus Stedingen kam also ein Teil meiner Familie. Die andere Großmutter mütterlicherseits kam aus dem Ort Rüstringen, jetzt Wilhelmshaven. Da braucht man sich über meinen sturen Dickschädel nicht zu wundern

Die Butjadinger im Wandel der Zeit

Die Butjenter haben ebenfalls ihre Freiheit verteidigt. Der rücksichtslose Graf Anton I. von Oldenburg konnte sie nicht bezwingen. Die Butjadinger bauten Kirchen im Abstand von wenigen Kilometern. Noch heute können wir dort kostbare Schätze bewundern, alte Orgeln, Altäre, Kanzeln und Taufsteine aus Künstlerhand.

Vor etwa tausend Jahren schufen sie gemeinsam erste Wurten, um die Häuser vor dem blanken Hans zu schützen. Durch lange Zeit erhöhte man die Wurten nach Bedarf. Die flutensicheren Sandbänke hatten sie auf die Idee gebracht, Erde, Mist, Steine, alles Verfügbare aufzuschütten, um die Kirchwurten und die Seewurten auf gleiche Höhe zu bringen. Später, ab dem 11. Jahrhundert, bauten sie Deiche zuerst in einzelnen Abschnitten, bis schließlich ein geschlossener grüner Gürtel Butjadingen umgab.

Außer der Nordsee mit ihren Sturmfluten gab es noch andere Feinde, begehrliche Nachbarn und verheerende Seuchen. Zuerst hatten Chauken hier gesiedelt, dann kamen die Sachsen und dann die Friesen.

Schriftlich Überliefertes gab es erst seit Ende des achten Jahrhunderts.

Im Jahre 789 ist der bremische Bischof Willehadus in Pleccateshem (Blexen) gestorben. Er hatte sich schon vorher in Blexen aufgehalten, in dem wirtschaftlich wichtigen Ort an der Wesermündung, wo Butjenter den Schiffsverkehr auf dem Fluss kontrollierten und den Bremern und Oldenburgern in die Quere kamen. Dass sie erfolgreich waren, dass es ihnen gut ging, erkennt man an ihren Kirchenbauten aus rheinischem Tuff und Sandstein von der Oberweser.

Willehadus stammte aus England, gelangte in unsere Nordwestecke, wo er zuerst sieben Jahre lang die Missionsarbeit von Bonifatius und Willebrord in Friesland fortsetzte, bis er ins Land der Rüstringer kam, nach Blexen. Von hier aus ging er nach Rom, um sich den Segen des Papstes zu holen. Am 13. Juli 787 erhielt er in Worms die Bischofsweihe. Der Frankenkönig Karl (später Kaiser Karl) schickte ihn nach Wigmodien östlich der Weser in oldenburgisches und bremisches Gebiet. Zwei Jahre war er als Bischof in Bremen tätig, wo er eine neue Kirche stiftete. Dann durchwanderte er die Lande und war im Missionieren sehr erfolgreich, wenn er oft auch hartnäckigen Widerstand zu überwinden hatte. Der mutige Pionier des christlichen Glaubens kam zurück nach Blexen, wo er am 8. November 789/790 (?) gestorben ist.

Die Blexer haben ihn 1875 mit einem Denkmal in Form eines Brunnens geehrt, und zwar im Pfarrgarten gleich neben der Quelle, die er der Sage nach den Blexern geschenkt hat. Und in der Kirche, die in weitem Umkreis die älteste ist, brachten sie zur Erinnerung an ihn ein Bildnis an, das den ersten Bischof Bremens im geistlichen Ornat zeigt.

Willehadus hat die Friesen zum Christentum bekehrt und das Gebiet ins fränkische Reich eingefügt. Kaiser Karl regierte in weiter Ferne. Man erkannte seine Oberhoheit an und genoss dadurch den Schutz vor den Begehrlichkeiten anderer. Die Friesen waren zur Heerfolge verpflichtet, erbaten sich aber, zu Hause bleiben zu dürfen, wenn es galt, die Küste gegen höhere Gewalt, die Naturgewalt, zu verteidigen. In dieser Zeit gelangten sie zu einer friesischen Verfassung für die sieben Seelande von der Rheinmündung bis zur Weser. Butjadingen gehörte zum Gau Rüstringen. An der Spitze eines Gaues stand ein Ausschuss von 16 Ratsmännern, den sogenannten Asegen (im Amtslatein Consules). Über diesen Asegen gab es als höchste gesetzgebende Autorität die Versammlung der sieben Seelande am Upstalsboom. Hier trafen sie sich alljährlich am dritten Pfingsttag.

Der Gau Rüstringen war aufgeteilt in vier Quadrantes, benannt nach den vier Hauptkirchen Blexen, Langwarden, Varel und Aldessen (Aldessen ist im 15. Jahrhundert im Jadebusen versunken). Die Basis bildeten die Dörfer und die Bauernschaften, letztlich die Grundeigentümer und die Familienoberhäupter. So wurden die Probleme gemeinsam gelöst.

Eine große Gefahr waren einst die Wikinger, die plötzlich auftauchten, plünderten und wieder verschwanden.

Man vermutet, dass zu dieser Zeit die Wachtposten auf den Jedutenhügeln errichtet wurden.

Als diese Gefahr vorbei war, drohte bereits die nächste: Der Seespiegel hob sich. Auch hier mussten alle zusammenhalten, sonst war der Deichschutz für das ganze Land nicht zu schaffen. Die Gefahr schweißte zusammen. Das friesische Deichrecht entwickelte sich. Wer sich nicht einsetzte, verlor Grund und Boden. „Wer nich will dieken, de mööt wieken."

Die erste verheerende Flut, von der wir wissen, war die Julianenflut am 17. Februar 1164, die besonders im Jade-Bereich schwere Schäden anrichtete. Am 23. November 1334 wütete die Clemensflut mit solcher Gewalt, dass der Gau Rüstringen in zwei Teile zerbrach. Was wir heute Butjadingen nennen, wurde damals zu einer Insel im Mündungsdelta der Weser. Die nächste große Sturmflut war die Antoniflut am 16. Januar 1511. Am 26. Februar 1625 wurde das Land um Waddens von einer schweren Sturmflut heimgesucht. Die nächste am 25. November 1685 riss hier drei Siele weg. Katastrophal wirkte sich am 25. Dezember 1717 die Weihnachtsflut aus. Wieder gab es Landverluste. Das alte Waddens, Langemehne, Teddens, Husum und Beer waren verloren.

Da die Deiche verstärkt wurden, konnte die nächste große Sturmflut abgewehrt werden. Jetzt zog sich das riesige Bollwerk der Deiche von Flandern bis Jütland. Mit dem Jadebusen wurde den Menschen von den Sturmfluten ein Mahnmal gesetzt. Die Ausdeichungen von 1625 und 1717 waren eine bittere Lektion.

Dann entstand die Hanse. Sie beherrschte jetzt die See. Im Schutz der Deiche blühten Handel und Wandel, sogar mit dem Ausland. Seit so viele Waren auf dem Seeweg transportiert wurden, tat sich eine neue „Verdienstmöglichkeit" auf: Die Seeräuberei, ein sehr einträgliches Geschäft. Wer verschont werden wollte, musste zahlen. Aber am Ende gewannen Bremen und Oldenburg doch die Oberhand.

Der größte Feind, die Naturgewalten, zerbrach nicht nur das Land, sondern auch die alte Verfassung der Friesen. Statt der Asegen gab es jetzt Hovetlinge, Leute, die im Dorf als Großgrundbesitzer an Macht gewonnen hatten. Sie brachten die gemauerten Dorfkirchen, oft die einzigen steinernen Gebäude, in ihren Besitz. Jetzt ging es nicht mehr um Gemeinsamkeit, sondern um Macht.

Die Hovetlinge taten sich mit den Likedeelern (Seeräubern) zusammen. Die hatten ihre Stützpunkte von der Ost- an die Nordsee verlegt.

Geschäftstüchtige Hovetlinge versprachen den Likedeelern Schutz, auch für ihre gehortete Beute. Da holte die Hanse auf See zum großen Gegenschlag aus mit neuen, großen, mit Kanonen bestückten Koggen („Wappen von Hamburg") und auf dem Land durch die Errichtung von Burgen, festen Stütz- und Verteidigungsorten.

Bremen gehörte zur Hanse. Den Bremern erwuchs eine neue, starke Konkurrenz, das waren die neidischen Grafen von Oldenburg und die neu gekürten Grafen von Ostfriesland. Die Ostfriesen jagten die Bremer aus dem Land. Dann ging es um das strategisch wichtige Butjadingen an der Wesermündung. Man verhandelte, rüstete auf, einigte sich vorübergehend, bis sich dem Grafen Johann V. von Oldenburg 1499 eine günstige Gelegenheit bot. Mit einer angeheuerten Söldnerschar überfiel er die Friesen. Die wussten sich zu wehren, erbittert verteidigten sie ihre Freiheit. Über Jahre zog sich der Kampf hin, bis 1511 die Antoniflut für Oldenburg zum übermächtigen Verbündeten wurde. Kurz darauf, im Jahre 1514, standen die Friesen bei Hartwarden/Rodenkirchen noch einmal auf. Aber der Gegner war zu stark und die Friesen nach der Sturmflut zu sehr geschwächt. Ihr Widerstand wurde gebrochen, endgültig. Fortan gehörte Butjadingen zum Land Oldenburg.

Noch heute erinnert der Friesische Freundeskreis Rüstringen-Stedingen wie auch der Rüstringer Heimatbund alljährlich mit einer feierlichen Kranzniederlegung am Friesendenkmal in Hartwarden an die vielen Opfer im Kampf um die Freiheit. Der Rüstringer Heimatbund hat 1914 das Denkmal mit dem streitbaren Friesen an der Hartwarder Landwehr errichtet.

Graf Johann V. ließ nach dem Sieg sofort einen Deich ziehen, um eine feste Landverbindung nach Butjadingen herzustellen. Eine weitsichtige Lösung. An Jadebusen und Wesermündung konnte Land zurückgewonnen werden. Als Sitz der Regierung wurde Ovelgönne festgelegt. Im ganzen Land kehrte Ruhe ein.

Im Jahre 1521 tauchte in Esenshamm/Butjadingen ein Pastor auf, Edo Boling. Er hatte bei Luther Theologie studiert und wollte den neuen Glauben verkünden, die Reformation einführen. Anfangs gelang es ihm nicht, festen Fuß zu fassen. Aber der nächste Graf in Oldenburg, Anton I., beschützte den Geistlichen. 1525 konnte Edo Boling seine Arbeit wieder aufnehmen. Er wurde Pastor in Esenshamm.

Graf Anton I. handelte nicht aus christlicher Nächstenliebe. In unerbittlicher Rücksichtslosigkeit nutze er die beginnende Reformation, raubte die Kirchen aus, vertrieb die katholischen Pfarrer und zog die kirchlichen Ländereien ein. Aber die Bauern in den Dörfern wussten sich zu wehren. Der Graf hatte den Bogen überspannt. Sie zwangen ihn 1568 im Ovelgönner Vergleich zu Zugeständnissen. Auch beim nachfolgenden Grafen konnten die Bauern sich 1575 durchsetzen. Die alten Ordnungen waren zerfallen. Schon 1573 hatte Oldenburg eine neue Kirchenordnung erlassen. Die Kirchen wurden wieder aufgebaut oder instandgesetzt. Ebenso wurden das Schul- und das Armenwesen gefördert.

Als sich das Land nach der Weihnachtsflut von 1717 langsam wieder erholte, wurden die Atenser Sände eingedeicht. Es entstand das Gut Nordenhamm (dem jetzigen Nordenhamer Bahnhof gegenüber).

Nach dem rücksichtslosen Grafen Anton I. gab es nur noch die beiden letzten Grafen von Oldenburg. Sie waren friedlich, widmeten sich der Pferdezucht und der Landwirtschaft. Sie reformierten die Landesverwaltung und blieben in guter Erinnerung. Nach dem Tod des Grafen Anton Günther 1667 war Dänemark der neue Besitzer des Landes Oldenburg. Diese Zeit brachte keinen Segen, Kopenhagen war in weiter Ferne und wusste nichts anderes, als unerbittlich Gelder einzutreiben.

Dann trat am Ende des 18. Jahrhunderts ein neuer Machthaber auf den Plan, Napoleon. Der Emporkömmling wollte Land und See beherrschen. In unseren Gegenden verhängte er die Kontinentalsperre, um den Seehandel zu unterbinden und so den Erzfeind England zu treffen. Aber er hatte die Rechnung ohne die Wirte gemacht. Mit seinen strengen Maßnahmen verhalf er dem Schmuggel zu neuer Blüte. Man handelte zwar mit Risiko, das reizte sogar, aber auch mit einem Riesengewinn. Englische Schiffe lagen vor der Wesermündung, vor der Butjadinger Küste, allerdings so weit vom Lande entfernt, dass die französischen Batterien, mit denen die Küste jetzt gespickt war, keine Gefahr bedeuteten. Aber sie lagen doch so nahe, dass die Butjadinger Schmuggler an Bord gelangen konnten. Reich beladen stachen die Schiffe in See mit Kurs auf die englische Insel Helgoland, wo die Händler schon warteten. Helgoland erlebte durch Napoleon eine Blütezeit.

Nordenham

In Butjadingen wurde eine Familie durch den Schmuggel besonders reich. Das war die Familie Müller. Die Müllers stammten nicht aus Butjadingen, sondern aus Schmalenfleth. Zuerst ließen sie sich am Großensieler Hafen nieder. Sie erkannten sofort die Zeichen der Zeit und entwickelten einen ideenreichen Unternehmergeist. In den Schmuggeljahren verdienten sie viel Geld.

Im Jahre 1819, nach Napoleon, legte Theile Müller sein Geld in Großensiel an und baute eine Kalkbrennerei, eine Handlung, eine Wirtschaft und kurz darauf noch eine Bäckerei. Gut für Großensiel. Es war noch Geld übrig. Daher pachtete Theile das nahe Gut Königsfeld. Sein Bruder saß schon seit 1812 in der Nachbarschaft auf Gut Schützfeld. Theile hatte immer noch nicht genug. Sein Geld sollte arbeiten. Weil es hier viel Milchvieh gab, investierte er in eine Molkerei. Dort wollte er Käse herstellen. Das war gut gedacht, ist aber schlecht gelaufen. Den Misserfolg konnte Theile verkraften.

Die Müllers sprühten nur so von Ideen und Unternehmergeist. Konnte man vielleicht mit einem Dampfschiff Kapital erwirtschaften? Auch der Versuch schlug fehl.

Allgemein ging es wirtschaftlich aufwärts. Bremerhaven wurde ausgebaut. In England setzte die Industrialisierung ein. Da ließen sich neue Märkte erschließen, ein Signal für Familie Müller.

In diese Aufbruchsstimmung hinein wurde am 11. September 1821 auf Gut Schützfeld Wilhelm Müller geboren. Auch er trug die Gene der Unternehmerfamilie in sich. Im Jahre 1852 erbte er die Friedeburg in Atens. Wilhelm hatte den richtigen Riecher. Er wurde Viehhändler und Agent einer englischen Reederei, die von Brake aus Vieh nach England verfrachtete. Das war ein lohnendes, ausbaufähiges Geschäft. Wilhelm Müller wechselte zum Norddeutschen Lloyd. Dann ließ er in Nordenham einen Pier bauen, den „Ochsenpier". Das Vieh wurde jetzt von Nordenham aus verschifft. Den ursprünglichen Plan, den Pier am Großensieler Außentief zu bauen, verwarf er. Jetzt wurden die Ochsen aus der Umgebung vom Gut Nordenhamm aus verladen. Hier wurden die ersten Häuser derjenigen Stadt gebaut, die später den Namen Nordenham trug.

Um 1868 bestand der Ort, aus dem Wilhelm Müllers Stadt geworden ist, aus diesen wenigen Häusern. In weiser Voraussicht ließ Wilhelm am Ende der Straße, die später zur wichtigsten wurde, ein Hotel errichten. Das war das Kernstück des späteren Nordenhamer Bahnhofs.

1874 erwarb er den „Friesischen Hof", nicht um seinen Reichtum zu mehren. Er hat privat viel investiert. In zähen Verhandlungen erreichte er schließlich, dass die Bahnschienen bis hierher ausgebaut wurden. (1875). Hinzu kam eine Fährverbindung nach Bremerhaven. Jetzt lag Nordenham nicht mehr abseits. Man glaubte an Wilhelm Müller. Viele unterstützten ihn, die Bürgerschaft, die Wirtschaft, Verkehrsunternehmen und Regierungsvertreter.

Wie überall gab es jetzt auch in Butjadingen große Veränderungen. Kapitalkräftige Fremde kamen ins Land, kauften den Bauern Land ab und bauten Fabriken. Die Nähe der Häfen war günstig. Neben der Landwirtschaft gab es jetzt die Industrie. Der Bauer von früher wurde zum Landwirt mit Treckern und Maschinen. Wandel der Zeit!

Nach dem Kriegsende 1871 heimste das neue Deutsche Reich Kriegsentschädigungen in Milliardenhöhe ein. In den Folgejahren brummte die Wirtschaft. Auch in Nordenham profitierten die Betriebe und Häfen.

Die Wasserwege hatten Konkurrenz bekommen. Die Eisenbahnlinien wurden 1875 bis zum Gut Nordenhamm ausgebaut. Das Gebäude für einen späteren Bahnhof war schon vorhanden. Aus dem Gutshof wurde 1883 ein Hotel. Neue Straßen mussten angelegt werden. Nach der vernichtenden Rinderpest wurden statt der Ochsen Schafe ausgeführt. Dann wurde der Transport ganz eingestellt, hatte Wilhelm Müller aber ein ansehnliches Kapital gebracht. Jetzt waren andere Güter gefragt, zum Beispiel Getreide und eine neue, begehrte Ware, die allerdings Gefahren barg, das Petroleum. Die Bremer Häfen waren inzwischen stark versandet, deshalb wichen die Händler nach Nordenham aus und verlegten die Aktivitäten hierher. Nordenham wurde **der** Einfuhrhafen für Petroleum, anfangs nicht in Tanks geliefert, sondern in Fässern. Die Lagerkapazitäten mussten in den achtziger Jahren ausgebaut werden. Eine deutsch-amerikanische Petroleumgesellschaft wurde gegründet. Die fuhr mit Tankwagen übers Land, auch in Butjadingen.

Im allgemeinen Aufschwung entwickelte sich Nordenham zu einer florierenden Stadt, gegründet von Wilhelm Müller. Seine Kalkulation ging auf. Der Industriehafen musste ausgebaut und die Weserufer korrigiert werden. Danach gründete man 1898 die Norddeutschen Seekabelwerke in Nordenham an der Weser. Wilhelm Müllers Stadt ging es gut. Er konnte zufrieden sein, stolz auf sein Werk, das er nicht für sich geschaffen hatte, sondern für die Bevölkerung. Er wurde von all seinen Aufgaben so in Anspruch genommen, dass er keine Zeit fand, eine Familie zu gründen. Als Junggeselle starb der allseits beliebte Mann am 27. Mai 1899 im Alter von 78 Jahren.

Was mich an Wilhelm Müller so begeistert: Er war ein Visionär, der sich von Misserfolgen nicht entmutigen ließ, sondern neu ansetzte. Immer am Puls der Zeit, stellte er sich auf die neuen Gegebenheiten ein. Die Stadt Nordenham hat Wilhelm Müller viel zu verdanken, ebenso Atens. Schon am 15. Juni 1881 hatte er in den Mauern der Friedeburg, seiner Friedeburg in Atens, sein Testament aufgesetzt. Darin vermachte er der Gemeinde Atens seine gesamten Besitztümer, zusammengefasst als „Friedensspende". Die Atenser haben ihm zum Gedenken ein großes Ehrenmal errichtet.

Seine Friedeburg gab es schon seit dem Mittelalter. Damals besaßen die Bremer hier eine ihrer Zwingburgen, die „Fredeborg". Der Standort wurde gewählt, weil die Bewohner an Heete und Ahne und die auf den Wurten Atens und Enjebuhr sich mit großem Eifer an den Überfällen auf die reich beladenen Kauffahrteischiffe der Bremer beteiligten.

In der Zeitschrift „Niedersachsen" aus den Jahren 1895/96 fand ich Texte über die Friedeburg und das Kloster zu Atens, umfangreiche Chronologien, verfasst von G. Sello, Oldenburg. Dem Text über Atens hat er ein Gedicht von Hermann Allmers vorangestellt: „Zu Atens auf der Auen / im Rüstringer Land / war bald die Burg zu schauen, / die Friedeburg genannt. // Man sollt' sie lieber nennen / die Streitburg. Hass und Streit / tat nun erst recht entbrennen / im Lande weit und breit."

Dann begann die Chronik von G. Sello: „Wenn man von Nordenham landeinwärts nach Atens wanderte, stieß man dort, wo die Wege nach Ellwürden und Blexen sich teilen, auf eine kleine, mit allerlei Altertümern geschmückte, parkähnliche Anlage. Hohe Bäume schützten ein stattliches Wohnhaus, das von Gräben umgeben war. Der Besitzer, eine prächtige Hühnengestalt mit wallendem weißem Bart, war der um die Entwicklung Nordenhams wohl verdiente Lloyd-Agent Wilhelm Müller. Das Haus steht dort, wo sich einst die Friedeburg erhob. Ihr Name versetzt uns zurück in die Blütezeit bremischer Territorialmacht im 15. Jahrhundert und hat für die Nachkommen der alten Rüstringer Friesen einen trauervollen Klang. Denn mit der Friedeburg ist die Sage vom Tod der Brüder Didde und Gerold Lübben auf dem Schafott in Bremen verknüpft, eine Sage, die auf einem Wandgemälde im Stammhaus der Familie in Schmalenfleth und in einer Ballade von Hermann Allmers verherrlicht wird."

Es handelt sich um den berühmten „Bruderkuss". Das große Gemälde kann jetzt im Museum des Rüstringer Heimatbundes in Nordenham betrachtet werden.

Den Park um die Friedeburg kenne ich aus meiner Jugendzeit. Als wir uns hier mit der ersten Liebe verabredeten und nicht von jedermann gesehen werden wollten, ja, da schlenderten wir durch diesen Park.

Die urkundliche Geschichte der Friedeburg bis zu ihrer Zerstörung hat Dr. R. Ehmk 1868 festgehalten im dritten Band des Bremischen Jahrbuches:

„Die Burg wurde 1407 erbaut, nachdem Bremen das Stadland und die Häuptlinge Butjadingens unterworfen hatte, erlag dann aber 1424 dem Ansturm der Häuptlinge Sibet von Jever, Ocko tom Brock und Fokko Ukena. Im Jahr darauf wurde die Burg geschleift..."

Ende des 16. Jahrhunderts erzählte der Bremer Chronist Renner, dass nach der Zerstörung die zur Friedeburg gehörenden Güter, die Kirchspiele Abbehausen, Esenshamm und halb Rodenkirchen mit „ackere, wische, weiden, rechte, gulde, hede, mit allen tovalle unde rechtigkeit", mit den Gerichtsgefällen im Lande Würden sowie dem Schafszins dort und zu Lehe, dem Kloster zu Atens überwiesen wurden. Dort saßen acht Mönche mit einem Prior. An anderer Stelle heißt es, jene Mönche wären Angehörige des St.-Pauls-Klosters zu Bremen gewesen. Sie hätten in Coldewärf bei Atens gewohnt. Der Burgplatz sei ihnen zur Anlegung eines Konvents übergeben worden. Sie hätten auch die „Kirche zu Atens" „besorgt" und sich deshalb die „Brüder zu Atens" genannt.

Der von Renner aufgezählte Reichtum des Klosters erscheint mir eher unglaubwürdig. Nach anderen authentischen Angaben war das Kloster von geringer Bedeutung. Wohl steht die Existenz dieses Klosters fest, aber seine Geschichte birgt viele Rätsel.

Abdrucke im Atenser Kirchenarchiv zeigen die Stempel von zwei Siegeln, die sich bis 1695 im Oldenburger Archiv befanden. Sie tragen in gotischen Majuskeln die Umschrift: SIGILLUM – PRIORIS – CONVENTUS – ATENSZEN und SIGILLUM – COMMUNITATIS – ET – FRATUM – (Lücke) ATHENSZE.

Urkundlich begegnet uns im Jahre 1517 der Prior und Pastor zu Atens, Johannes Kruse. Er gehörte dem Karmeliterorden an. Sein Name steht auch auf dem 1522 gestifteten Kelch der Kirche zu Atens (erhalten geblieben). Nach seinem Tod dotierte Graf Anton I. von Oldenburg den neu eingesetzten Pfarrer Heinrich Bartscher. Nach dessen Tod blieb die Pfarrei unbesetzt.

Über die Zustände im Kirchspiel gab es drastische Schilderungen der Bewohner. Sie klagten, dass sie „leven sunde godes wurt un dat hillige sakrament, gelik wo dat wilde ve up dem felde, wo vel mehr unse kranken ane bichtent und borichtent henstarven moeten – un unse heidenkinder lange tid ane christent (Taufe) ligen moeten, er den dat wi einen koster oder ein ander gelert man darto kriegen, de se christen."

Sie baten um die Erlaubnis, ihre Kirche wieder aktivieren und einen eigenen Pastor anstellen zu dürfen, sowie um Rückgabe der früheren Dotierung desselben zu diesem Zweck. In einem zweiten Bittgesuch erwähnten sie, „vele siner older un junger lude gestorven, den de hilligen sakramente nicht mochten werden – unde is ok nicht wunder, dat de jungen kinder in hen- unde wedderdragen vorfreren unde ersticken oder sunst beschediget sind, darna de dod balde gefolget."

Graf Johann, Sohn und Nachfolger Anton I., wollte für Abhilfe sorgen. 1579 gab es dann in Atens einen Pastor Johannes Pletting. Die kirchlichen Verhältnisse besserten sich aber erst zu Anfang des 17. Jahrhunderts unter Graf Anton Günther.

Im Jahre 1773 kopierte der Kirchenjurat Johann Bohlken eine handschriftliche Nachricht, die er bei einem Anwohner gefunden hatte. Die Nachricht über die Atenser Kirche begann: „Weilen ein Kloster, darin junge Knaben instituirt wurden, an diesem Orte erbauet, ist communis opinio, von solcher Schule habe dies Dorf den Namen gewonnen, da es genannt worden ATHENS, quasi: athens, si licet magnis componere parva (gleichsam

Athen(?), ein unverhältnismäßig erscheinender Vergleich)."

Über die Anfänge des Klosters und den Bau der Kirche sind wir auf Vermutungen angewiesen. Im Jahre 1420 gab es in Atens noch keine Kirche, sondern nur eine Kapelle Im 16. Jahrhundert dann der Hinweis, es sei einst „dem lande not angefallen van kriegsloften halven. So hebben unsere vorelderen gelavet, ein kloster to stifte to godes er, dat eme got den krich wolde afwenden. Solches sit geschehen unde hebben gebuwet ein kloster to Atens bi de kark, wivil de kark ein karkspeelkark is gewesen, as noch to bewisende is."

Das Kloster wurde also veranlasst durch ein Gelübde wegen der drohenden Kriegsgefahr. In diesem Zusammenhang sollte man sich erinnern an die Niederlage der Bremer und Oldenburger am 21. Juli 1368, die ihnen durch die Rüstringer in der Nähe von Atens zugefügt wurde. (Die Vorhut wurde bei Coldewärf vernichtet.)

Nach der Aufhebung des Klosters in Atens und der Einziehung seiner Güter blieb in Erinnerung, dass der Burgplatz der Friedeburg frommen Zwecken gedient habe. Der jeweilige Besitzer der Burg zahlte deswegen eine Abgabe an das Hospital Hofswürden. Dann wurde die Stelle wüst. In den achtziger Jahren des 17. Jahrhunderts erwarb sie der Zollverwalter Steffens und errichtete sich hier ein Wohnhaus. Es begann die neue Geschichte der Friedeburg.

Über die alte Friedeburg wissen wir aus einer Beschreibung von 1685: Der ½ Jük große Burgplatz bestand aus einer hohen Wurtstätte, „die Burg" genannt, auf welcher ein „herrschaftliches Schloss gestanden, allermaßen die rudera (Ruinen) davon noch allda befindlich." Mithilfe dieser Überreste wurde die Burganlage im 18. Jahrhundert topografisch rekonstruiert, auf Karton zuerst der Grundriss der Burg. Dazu der Text: „Die Friedeburg ward im Sommer des Jahres 1409 innerhalb 14 Tagen von den Bremern erbaut, (um) die Kirchspiele, welcher sie sich in Rüstringen bemächtiget, dadurch in FRIEDE ZU BORGEN, it est, zu conserviren." Weiter heißt es im Text: „Es war nach damaliger Art eine ziemlich starke, viereckige Festung, von doppeltem Graben umgeben, worinnen ein gemauerter Borchfrede oder Blockhaus nebst anderen Wohnungen vor die Besatzung waren. (Es folgen Größenangaben.) Ihre Lage war ins Osten von der kleinen Weser ab 23½ Ruten, ins Norden von dem ehemaligen Heetefluss oder jetzigen Mohrsinger Sieltief ab 27½ Ruten. Der Ort, wo sie gestanden, wird heute ‚aufm Schlate', entweder ‚vom Schloß' oder ‚verschloßenen Platze' genannt und ist erhabener als das herumliegende Terrain, wiewohl das jenseits des Mohrsinger Sieltiefs im Norden liegende Kirchdorf Abbehausen doch noch viel höher ist."

Dieser Plan erweitert unsere Kenntnis von dem verschwundenen Bauwerk, das in der Geschichte Butjadingens eine bedeutende Rolle gespielt hat.

Der Kampf um die Friedeburg

Als die Butjadinger Friesen den Bremer Kaufleuten auf der Weser immer mehr Schaden zufügten, erbauten die Bremer in Atens ein befestigtes Haus, das nannten sie die Friedeburg, weil sie damit die Butjadinger befrieden wollten. Auf dieser Burg setzten sie einen fähigen Hauptmann ein, Arend Balleer.

Aber die Friesen gaben nicht nach. Didde und Gerold, Söhne des Didde Lübbens aus Rodenkirchen, trommelten 44 Helfer zusammen, 24 Friesen und 20 Schützen aus anderen Landen. Die erklommen nachts die Friedeburg, aber gegen die Schüsse und Steinwürfe der Bremer waren sie machtlos. Als der Morgen graute, meinte Gerold: „Ihr Herren, was dünkt euch gut? Wir haben nichts erreicht. Mein Rat ist, dass wir abziehen und auf eine bessere Gelegenheit warten. Wenn die Bremer uns bei Tageslicht erwischen, werden sie uns überwältigen." Da riefen Düre und Rode Ede: „O Didde und Gerold, verzagt ihr? Wollt ihr die ersten Fliehenden sein? Ihr habt uns hierher geführt. Wollt ihr uns ausliefern? Auf dass wir alle aufs Rad kommen? Nur Mut! Die Burg soll unser sein, noch in dieser Nacht!" Da entgegnete Gerold: „Ihr habt meinen Rat gehört. Doch was ihr alle wollt, das will ich auch." Sie griffen erneut an, wieder erfolglos. Da warfen die 20 Nichtfriesen die Waffen von sich und ergaben sich. So hofften sie auf die Gnade des Rates in Bremen.

Plötzlich tauchten Würder Friesen auf, die mit den Bremern verbündet waren. Sie liefen den Butjadinger Friesen auf der Brücke entgegen und ergriffen alle 44 Angreifer. Die Gefangenen wurden nach Bremen gebracht, vor ein Gericht gestellt und zum Tode verurteilt, alle 44. Als man Didde den Kopf abgeschlagen hatte, nahm Gerold das Haupt des Bruders in beide Hände und küsste ihn auf den Mund. Da wollte der Rat Gerold Gnade widerfahren lassen und bot ihm an, er solle seinen Wohnsitz in Bremen nehmen und eine ehrsame Bremer Bürgertochter heiraten. Aber Gerold antwortete: „Ich bin nicht von der Abkunft, dass ich eine eurer Pelzer- und Schustertöchter ehelichen möchte. Ich bin ein edelfreier Friese. Wollt ihr mir aber das Leben schenken, so will ich euch einen Beutel voll Gold geben."

Zunächst war der Rat dem Vorschlag wohlgesonnen, aber ein alter Ratsherr warnte: „Das sollte man nicht tun. Gerold würde den Bruderkuss niemals vergessen. Vielmehr würde er sich bitter rächen." Da legte man auch Gerold den Kopf vor die Füße. Den Friesen wurden auf dem Rad die Knochen zerbrochen und ihre Köpfe wurden auf Pfähle gesteckt. Den 20 Nichtfriesen schenkte man das Leben, aber sie mussten dafür zahlen und Urfehde schwören.

Großensiel

Walter Looschen hat unter dem Titel „Auf dem Siel" die Geschichte seiner Kindheit und damit die entschwundene Zeit festgehalten. Er ahnte schon, dass der große Siel bald an Bedeutung verlieren würde.

Sein Vater stammte aus dem Neuenkoper Moor, war sehr begabt und hätte gute Berufsaussichten gehabt, wäre sein bester Freund nicht der Alkohol gewesen. Nach einigen Stationen landete er als Grenzaufseher/Steueraufseher beim Zoll. Eine besondere Ausbildung brauchte er nicht und hatte deshalb kaum Aufstiegschancen. Immerhin war er lebenslang Beamter.

Zwei Kinder wurden in Tossens bei Looschens geboren, der Sohn Walter (1895) und die Tochter Ella, die kränkelte und früh starb. Unter der Sucht des Vaters hatte besonders die Mutter zu leiden. Gleich nach Walters Geburt gab es eine Fehlgeburt, dann kam in kurzem Ab-stand die Schwester Klara, die nicht lebensfähig war. Schlimm, dass die Hebamme, „Mudder Griepsch", im nächsten Dorf Langwarden wohnte. Der Vater nahm keine Rücksicht auf den Gesundheitszustand seiner Ehefrau. Kurz darauf wurde die Schwester Ella geboren. Vier Monate später starb die geschwächte Mutter im Alter von 23 Jahren und wurde in ihrem Heimatort Tossens begraben. Als sie starb, war der Vater schon nach Nordenham versetzt worden, dann nach Brake. Hier kam Walter in die Schule. Nächste Station war die Residenz Oldenburg. Auch hier blieben Looschens nur kurze Zeit, dann wurde der Vater als „Berittener" nach Großensiel versetzt.

Er trug eine schmucke Uniform mit blanken Knöpfen, einen Schleppsäbel und silberfarbene Sporen an den blanken Stiefeln. Jetzt, mit dem stattlichen Ross als Fortbewegungsmittel, war er, wenn er nüchtern war, bei seiner Hühnengröße „een staatschen Keerl".

Walter musste sich erst umgewöhnen. In Oldenburg gab es ein Netz von Straßen, viele Läden, Schaufenster, Kirchen, Schulen und so weiter, allerdings nur ein einziges Zollamt. Hier in Großensiel gab es nur eine Straße, einen Bürgersteig, der hundert Meter lang war, und ein großes Zollhaus, das „Stüürhuus", wenn es auch nur ein Nebenzollamt war. In dem riesigen Gebäude wimmelte es von Zollbeamten und ihren Familien. Vielleicht gab es in Großensiel mehr Zollhausbewohner als Eingesessene.

Hier war alles schlicht und einfach, ländlich. Das gefiel Walter. Die neue Umgebung war übersichtlich, unkom-

pliziert, nur ein paar alte Häuser, der kleine Bahnhof und das dunkle Sieltief. Aber dann! Auf dem sattgrünen Deich der weite Blick! Walter erlebte die Weser im Wechsel von Ebbe und Flut, mal zahm, mal sturmgepeitscht. Das „Stüürhuus", in dem die fünf großen Zöllnerfamilien wohnten, erhob sich gleich hinter dem einzigen Bahngleis. Vom Gleis waren es keine zehn Schritte bis zur wuchtigen Haustür, über der die Initialen „NFP 1855" eingelassen waren. Keiner wusste, was sie zu bedeuten hatten. Später in der Schule erfuhr Walter, NFP stand für Nikolaus Friedrich Peter, den Vater des damaligen Großherzogs Friedrich August von Oldenburg. NFP hatte 1855 das Nebenzollamt 1. Klasse bauen lassen. Als der Vater mit den beiden Kindern einzog, halfen alle Hausbewohner ungefragt beim Ausladen und Einräumen der Möbel. Dann zogen die Männer in die Wirtschaft von Stührenbergs auf dem Siel. Das große Ereignis musste begossen werden. Walter und Ella mussten mit und bekamen eine Brause für zehn Pfennig.
Am nächsten Tag inspizierte Walter das Gelände. Der Garten mit vielen Obstbäumen und Beerensträuchern war riesengroß. Im Stall stand Vaters kräftiger Fuchswallach, auch noch eine Ziege und dann gab es noch ein paar Hühner. In Looschens Haushalt wirtschaftete die altvertraute Haushälterin aus Oldenburg. Da hatte alles seine Ordnung. Leider gab es in Großensiel keine Schule. Die Kinder aus den Familien links vom Sieltief mussten in Nordenham in der Hansingstraße die Schule besuchen, sie gehörten zum Kirchspiel Abbehausen. Die auf der rechten Seite gehörten zu Esenshamm und liefen nach Hoffe in die Schule. Walter brauchte eine Stunde bis Nordenham. Der Weg bot viel Abwechslung, besonders im Sommer, wenn man über den Außendeich und am

Strand entlanglaufen konnte. Im Winter rannten die Kinder querfeldein über Weiden und Äcker und nahmen Boßel und Kloot mit. Die Schule hatte acht Klassen, die meisten Lehrer waren in Ordnung, besonders der Hauptlehrer Gerhard Gröne. Bei ihm machte das Lernen Spaß. Aber Walter mochte auch die Lehrer Schumacher und Drewes. Drewes versuchte, den Kindern eine Fremdsprache beizubringen, nämlich Hochdeutsch mit „mir" und „mich". „Me" war doch viel einfacher. Schwierig war für Walter auch die Aufnahme in den Club der einheimischen Kinder. Dann zog auch noch die zuverlässige Haushälterin von dannen. Dafür kam eine hübsche Frau, die zur Stiefmutter werden sollte. Walter verzog sich lieber nach draußen an die Weser, die vor wenigen Jahren bis Kleinensiel begradigt worden war. Er schaute den Kähnen, Fischerfahrzeugen und den „Smookern" (Dampfern) zu, auch dem weißen Schaufelraddampfer, der im Linienverkehr zwischen Bremen und Bremerhaven eingesetzt wurde. In dem kleinen Hafen herrschte reges Treiben, am Umschlagplatz für Sand und Kies, Schlacken von der Oldenburger Glashütte, Lebensmittel und Getreide. Anfangs, um 1850, hatten hier die englischen Dampfer angelegt, die das begehrte Butjenter Schlachtvieh verluden.

Den Siel nutzten die Jungen zum Schippern, Angeln und Baden. Auf dem Siel gab es den einzigen Hökerladen des Dorfes, wo Brot und Backwaren von Nordenham angeliefert wurden. Besonders gefiel Walter der Ausflugsgarten vom Gasthof Stührenberg, der dem Getreidehändler Martens in Ellwürden gehörte. Als Pächter saß hier vor Stührenbergs Familie Ahrens. Nach Stührenbergs kamen Hasseldieks und der ehemalige Kapitän Hashagen (bis 1920).

Der Ausflugsgarten war von einem Deich umgeben. Uralte Bäume hatten hier überlebt, eine kleine Brücke führte über einen Teich mit Seerosen und dem unvermeidlichen Entenkraut. In Nischen luden einfache Tische und Bänke aus Holz zum Verweilen. Im hinteren Teil gab es eine große Schaukel, auf der vier Kinder sitzen konnten. Faszinierend war der Automat mit den Schokoladenrollen und Zetteln zum Sammeln von Bilderserien. Einen Groschen musste man einwerfen. Kaum einer besaß so viel Kapital, wohl aber Grips genug, um den Automaten zu überlisten. Dabei gab er leider den Geist auf. Für die Erwachsenen rollten die Kugeln auf einer Kegelbahn. Hier standen die Jungen an. Sie wollten Kegel aufsetzen, dafür gab es 50 Pfennig in der Stunde.

Leider hatten Looschens neue Sorgen. Die Stiefmutter hatte Schwindsucht (Tbc). Je kränker sie wurde, umso mehr erblühte ihre Schönheit. Vater Looschen war vernarrt. Als sie die meiste Zeit zur Kur im Harz war, sprach der Vater wieder mehr dem Alkohol zu. Dann hing der Haussegen sehr schief.

Drei Jahre blieben der Schwerkranken noch. Sie brachte ein Kind zur Welt, Hedwig. Aber die kleine Schwester starb schon im Säuglingsalter. Ein Tischler erschien, nahm den kleinen Sarg unter den Arm und trug ihn zu Fuß zum Friedhof in Abbehausen. Die Stiefmutter tobte und schrie und der Vater suchte das Weite, soff irgendwo und kam tagelang nicht nach Hause. Dann starb die Stiefmutter. Niemand kümmerte sich um Ella und Walter. Zum Glück ging es auf Ostern zu. Das Osterfeuer war für die Kinder in der Marsch einer der größten Festtage. Vorher bildeten sie Gruppen mit einem Hauptmann und sammelten Holz. Manchmal staubten sie auch unerlaubt ein paar Eisenbahnschwellen ab. Die brannten hell und am längsten, weil das Holz mit Karbolineum getränkt war. Am meisten brachte der Baumschnitt auf den großen Bauernhöfen am Mittelweg. Die Kinder zogen los: „Wi sammelt wat för't Osterfüür..." und bekamen auch kleine Spenden. Für das Geld wurde ein Fass Braunbier gekauft, dann noch bengalische Streichhölzer und Knallfrösche. Auf dem Deich stellten die Großen in langer Reihe leere Teerfässer auf, die von der Holzhandlung Thaden gespendet und gebracht wurden. Am ersten Ostertag wurde das große Feuer angezündet. Ein Knecht vom Hof des Hergen Tantzen unterstützte die Jungen und übernahm die Aufsicht. Weit in die Marsch hinein leuchtete das Feuer, dazu das Spalier der Teertonnen und Fackeln aus petroleumgetränkten Torfsoden. Ganz Großensiel feierte, die Alten und die Jungen.

Auch Heiligabend war ein besonderes Fest. Aber da die Schmuggler glaubten, an diesem Abend vor den Zöllnern sicher zu sein, wurden sie sehr aktiv – und Vater Looschen konnte nicht bei seinen Kindern sein. Wenn ihr sehnlicher Wunsch in Erfüllung ging, konnten die Kinder am Weihnachtstag die neuen Schlittschuhe oder den Schlitten ausprobieren.

Das nächste große Ereignis war Silvester. Bei Zingsheim in Nordenham hatten die Kinder ihren Bedarf an Munition für ihr kleines Plättchengewehr gedeckt, die Schachtel mit den rosaroten Plättchen für 10 Pfennig. Um Mitternacht wurde mit der alten Lotsenkanone auf dem Deich ein Schuss abgegeben. Walters Vater nahm Position im Rahmen der offenen Haustür und zielte mit seinem Karabiner zwölfmal in das Sieltief. So hatten die Stichlinge (Stickelstaken) auch etwas von Silvester. Die alte Lotsenkanone ist irgendwann verschwunden, wohin?

Dann begann wieder der Alltag. Auf dem Schulweg kamen die Kinder am Hökerladen beim Schulplatz vorbei, wo es eine große Auswahl an Hauchblättchen gab und Lakritzen, die man sich auf den Handrücken klebte und weglutschte, auch Bonbons aller Art, Drops, Schokolade und Lutschstangen, die die Pfennige aus der Hosentasche lockten.

Der obligatorische Schulausflug im Sommer hatte Loy als Ziel. Von dort wanderte man nach Rastede in den Großherzoglichen Wildpark. In diesem Jahr war der Sommer stürmisch und kalt. Es kostete Überwindung, auf dem Hof eines der in Reih und Glied aufgestellten Holzhäuschen mit dem Herzen in der Tür aufzusuchen. Diese unhygienische Einrichtung war die Ursache dafür, dass auf dem Siel Krankheiten und Seuchen ausbrachen und übertragen wurden, besonders Typhus. Fünf Häuschen gab es für die Familien im „Stüürhuus", alle Familien waren kinderreich und laufend kamen neue hinzu. Das waren unhaltbare, unverantwortliche Zustände. Die auszementierte Grube hatte meistens einen hohen Pegelstand. Irgendwann in der Nacht wurde die Kloake in Gemeinschaftsarbeit im Garten verteilt als Dünger für Obst und Gemüse!

In diesem Jahr 1906 gab es eine schwere Sturmflut. Vater war nüchtern und voll im Einsatz. Hoch zu Ross vollbrachte er eine tollkühne Heldentat. Er ritt ins gefährliche Watt hinaus und rettete unter Lebensgefahr eine Herde Kühe. Walter war sehr stolz auf seinen Vater. Nach der Flut sah der Strand wie ein Schlachtfeld aus mit gestrandeten Schiffen und losgerissenen Booten, Menschenleichen und toten Tieren – wie am jüngsten Tag. Im Dorf war das Wasser wieder abgelaufen. Die alten Häuser steckten jetzt im Schlamm. Das Bahngleis war verschwunden und musste neu verlegt werden. Die Alten konnten sich nicht erinnern, jemals eine solche Sturmflut erlebt zu haben. In der Zeitung waren die Seiten voll mit schwarz umrandeten Anzeigen. Man konnte auch schwarz auf weiß lesen, was der Zollbeamte Looschen in Großensiel für eine Heldentat vollbracht hatte.

Die Kinder liefen über den Strand und sammelten das zersplitterte Holz ein.

Nach dieser stürmischen Zeit kehrte Ruhe ein bei Looschens. Der Vater fand eine Haushälterin, die mit den verstörten Kindern umgehen konnte und sich mit den primitiven Verhältnissen am Siel abfand. Die Stiefmutter war erst zwei Wochen tot, da war Vater wieder auf Brautschau, holte sich aber Körbe. War er denn blind? Mit der Zeit merkte er doch, dass die neue Haushälterin ihre Qualitäten hatte. Kurz darauf wurden Looschens wieder eine komplette Familie.

In Nordenham wurde die Höhere Bürgerschule eingeweiht. Und „Tante Minna", die Stiefmutter, sorgte dafür, dass der Vater für seinen begabten Sohn das Schulgeld zahlte. Walter wechselte die Schule. Wie zu erwarten, wurde Tante Minna schwanger und gebar Zwillinge, die aber den Tag ihrer Geburt nicht überlebten. Das Paar war noch nicht verheiratet. Um seinen Kummer zu ertränken, stürzte Vater Looschen sich in eine neue Saufperiode und Tante Minna drohte, ihn zu verlassen. Kurz darauf wurde geheiratet. Ja, Tante Minna war schon wieder schwanger.

Die Kinder Walter und Ella genossen den Sommer. Sie freuten sich auf den „größten Jahrmarkt der Welt" in Rodenkirchen. Da wurden sogar Extrazüge eingesetzt. Am Sonntag war der allgemeine Markt, montags der berühmte Pferdemarkt, dienstags der Knechte- und Mägdemarkt und mittwochs der Ladenschwengelmarkt. Dann musste schleunigst abgebaut werden, weil am nächsten Sonntag der berühmte Oldenburger Kramermarkt begann.

In Großensiel lud der Sommer zum Baden ein. Noch zu meiner Zeit haben wir gerne den kleinen, abgelegenen Strand für ein unbeschwertes Badevergnügen aufgesucht. In den Ferien durften Ella und Walter mit dem Linienwagen zur Oma nach Tossens. (Die Eisenbahn fuhr erst ab 1908.) Nach den Ferien wurde der Schulalltag im September unterbrochen durch die Sedanfeier. Im Januar sorgte Kaisers Geburtstag für einen schulfreien Tag.

Walter war kein Kind mehr. Er wurde aufmüpfig und entdeckte das andere Geschlecht. In Nordenham wurde das erste Kino eröffnet, „Hupes Kinomatograph". Für Kinder betrug der Eintritt zur Sonntagvorstellung 10 Pfennig.

In der Schule wurden die Zustände für Walter unerträglich. Vieles durfte der Vater nicht wissen, bekam es irgendwie aber doch zu Gehör, rief seinen Sohn und stand mit der Peitsche im Hof. Walter flüchtete auf den Heuboden, legte sich eine Tauschlinge um den Hals und wollte sich zu Tode stürzen. Für ihn wurde das Leben unerträglich. Zum Glück misslang der Versuch. Da rannte der verängstigte Sohn hinaus in die Weser, rannte um sein Leben, nur fort von allen sadistischen Lehrern, fort vom gewalttätigen Vater. – Und als er wieder aufwachte, lag er im Bett, betreut von der Stiefmutter. Wären die Wasser der Weser nicht im Ablaufen gewesen, hätte der Vater seinen Sohn nicht lebend retten können. Keine Strafe, keine Standpauke. Der Vater sagte nur: „Mach mir keine Dummheiten mehr! Ostern kommst du wieder in die Volksschule." Er kam durch die eindringliche Standpauke seiner Frau zur Vernunft. Walter kam in die Volksschule Nordenham-Süd. Hier wurde er mit aller

Zurückhaltung behandelt, die Lehrer waren sehr taktvoll. Walters Leid unter der Knute des Vaters war Stadtgespräch. Walters Schwester Ella starb. „Der Vater trank nicht mehr, er soff", hat sich Walter erinnert. Der stolze Reiter wurde krank, schwer krank.

Welchen Beruf sollte Walter wählen? Er wollte fort von zu Hause. Nach einem halbjährigen Intermezzo bei einem Kolonialwarenhändler in Varel befreite Walter sich von allen Bevormundungen und landete auf einem Schulschiff. Raus auf die See! Raus aus der engen Welt am Siel! Der Vater wurde nach Brake versetzt, dann entlassen. Er schloss noch eine vierte Ehe, aber eigentlich war er nur noch mit dem Alkohol verheiratet – bis zu seinem baldigen Tod.

Und Großensiel? Der kleine Bahnhof ist 1972 abgebrochen worden. Vieles ist zerfallen. Der Hafen hat seine Bedeutung verloren.

Wir, Freundin Rena und ich und ein alter Klassenkamerad, haben nach 1980 noch einmal oben auf dem Deich Stint aus der Pfanne gegessen. Dann ist auch das Lokal geschlossen worden.

Aber mit Freundin Rena bin ich noch oft in Großensiel gewesen. Wir sind von der B12 rechts abgebogen in Richtung Nordenham – vor Ellwürden – zur Weser hin, zu dem Fluss, der unsere Jugend wie die von Walter Looschen bestimmt hat. Der kleine Hafen mit den Booten und Freizeitkapitänen hat etwas Verträumtes – wie ein altes Bilderbuch. Ich bin Walter Looschen dankbar, dass er die Zeit des kleinen Hafens Großensiel festgehalten hat in seinem Erinnerungsbuch „Auf dem Siel".

Auch meine Freundin Rena lebt nicht mehr. Es heißt Abschied nehmen…

Rodenkirchen

Geboren wurde ich in Rodenkirchen im Jahre 1930 im Hause der Ida Baake, Lange Straße 27. Ich konnte mich später nicht an Ida Baake erinnern. Meine Eltern verließen Rodenkirchen 1933 und pflegten keine Verbindungen mehr.

Aber dann kam im November 1975, also nach 42 Jahren bei mir ein Brief aus Rodenkirchen an. Absender war Ida Baake. Meine Eltern lebten nicht mehr. Ida Baake hatte in der Zeitung meine Texte gelesen. Über die Redaktion hatte sie sich meine Anschrift besorgt. Sie war damals so alt wie ich heute. Da las ich: „Ihre Eltern wohnten bei mir im Hause, oben. Hier sind Sie geboren. Oft habe ich Sie behütet, wenn Ihre Mutter etwas zu besorgen hatte." Mein Vater war 1929 als Junglehrer nach Rodenkirchen versetzt worden. Ida Baake erzählte von sich und schloss: „Nun bin ich gespannt, ob dieser Brief Sie erreicht." Ich wohnte inzwischen in Rheinland-Pfalz. Es begann ein aufschlussreicher Briefwechsel, allerdings nur noch für wenige Jahre.

Da Ida Baake Rodenkirchen nie verlassen hatte, konnte sie mir viel über meinen Geburtsort erzählen. Idas Geburtshaus stand außendeichs am Südufer des alten, inzwischen zugeschütteten Strohauser Siels. Ihr Vater, der Fischer Berend Baake, war Hafenmeister. Er betrieb in seinem Hause eine Gastwirtschaft mit Kegelbahn. Diese Wirtschaft ist später berühmt geworden. Wir haben sie alle im Fernsehen gesehen in einer Aufführung des

Ohnsorg-Theaters. Alma Rogge, auch eine Rodenkarker Deern, hat für ihr Lustspiel „Twee Kisten Rum" diese Kneipe als Schauplatz gewählt.

Strohausen war ein Sieldorf. Der alte Siel ist um 1650 erbaut worden. Geblieben sind die Häuser an der linken Seite des Außendeichs. Sie erinnern an die alte Zeit, als das malerische Strohausen mit Hafen und Mühle noch ein Anziehungspunkt war – auch für Künstler. Die Sieltore sind verschwunden. Am Strohauser Siel gab es früher ein Nebenzollamt 1. Klasse. Und dreimal in der Woche hielt hier die reitende Post. In der Nähe gab es eine Bierbrauerei und eine Ziegelei. Im 19. Jahrhundert war hier ein Sammelpunkt für die Auswanderer, zum Beispiel aus Ostfriesland, auf dem Weg nach Bremerhaven.

Im Jahre 1865 legten am Strohauser Anleger noch 9550 Schiffe an! Von hier aus ging es weiter nach Oldernburg (Hunte) oder nordwärts nach Bremerhaven und südwärts nach Bremen. Dann verlor Strohausen an Bedeutung, als der Lauf der Weser korrigiert wurde.

Zurück zu Ida Baake. Sie war das zweite von acht Kindern und war ledig geblieben. Vater und Mutter hatten viele Pflichten. Der Strohauser Außensiel hatte eine 150 Meter lange Kaje (befestigtes Ufer). Idas Vater betrieb auch noch eine kleine Landwirtschaft mit zehn Kühen, aber er hatte ja viele Helfer, seine große Kinderschar.

Alle Schiffer, die hier am Sielhafen anlegten, mussten sich bei Berend Baake melden und ihr Kajengeld zahlen. Hier wurden Güter aller Art umgeschlagen, auch Ziegelsteine aus der Strohauser Ziegelei. Und es wurde geschmuggelt. Ein schmaler „Florenpad" (mit Steinplatten befestigt) für Fußgänger führte am Außendeich entlang zum Anleger, daneben ein breiter für die Wagen. Hier legten in der zweiten Hälfte des 19. Jahrhunderts auch die Raddampfer an, mit denen man nach Bremerhaven, Bremen und Oldenburg gelangen konnte.

In Rodenkirchen blühte der Handel mit Holz, das aus Finnland und Schweden stammte und auf „Kuffen" oder „Tjalken" (kleinen Segelschiffen) transportiert wurde. Dann waren da noch all die Fischkutter, die ihren Fang nach Geestemünde brachten. Das Straßennetz war noch sehr dünn, die Eisenbahn setzte sich erst in Bewegung und der Braker Hafen war noch nicht ausgebaut.

Auf all die helfenden Hände im Hause Baake wartete viel Arbeit. Allein in Rodenkirchen gab es damals 44 selbstständige Schiffer. Der Hafenmeister Berend Baake nahm so viel ein, dass er den Hafen instand halten und im Jahre 1912 weiter ausbauen lassen konnte. Berend betreute auch die Beleuchtung mit Petroleumlampen an der Hafeneinfahrt. So fanden alle den Weg, auch die vielen Schiffer, die abends in Baakes Kneipe kamen. Damals kostete ein Schnaps fünf Pfennig. Der Schnaps und der Rum für den „stieben Grog" wurde in großen 100-Liter-Fässern angeliefert, ob legal oder geschmuggelt.

Hier außendeichs hat Ida Baake Sturmfluten erlebt, die oft im Haus bis zur Herdplatte reichten. Auch an den Brand der Strohauser Mühle am 12. April 1912 konnte sie sich gut erinnern.

Berend Baake ist 1914 gestorben, kurz vor Ausbruch des Krieges. Idas Mutter verkaufte das Anwesen an den Fischer Hashagen. (Mit einem Sohn der Familie Hashagen war ich später in Cuxhaven befreundet. Auch er konnte erzählen.) Für den Erlös erwarb Idas Mutter das Anwesen Lange Straße Nr. 27. Sie verpachtete Räume in dem großen Haus an die Oldenburger Landesbank und richtete einen „bürgerlichen Mittagstisch" für 12 Personen ein. Das war früher üblich. Damit verdienten Witwen sich den Lebensunterhalt. An einige der Mittagsgäste vermietete Mutter Anna auch Zimmer und kümmerte sich um die Wäsche der Herren. Sie hatte jetzt alleine für die Kinderschar zu sorgen, bis alle flügge waren. Zu den Mietern und Kostgängern gehörte der beliebte Dr. Richard Heye, außerdem der spätere Oberstudiendirektor Dr. Spreen und Udo Zempel, der von 1960 bis 1974 die Realschule in Rodenkirchen geleitet hat.

Ida Baake blieb als einziges Kind zu Hause und war der Mutter eine große Stütze. Sie kam kaum vor die Tür. So lernte die perfekte Hausfrau keinen Ehemann kennen. Als die Mutter gestorben war, blieb Ida allein zurück. Jetzt gehörte ihr das Haus. Sie setzte sich weiterhin ein, wo Not am Mann war und vermietete einige Räume. Als ihr die Arbeit zu viel wurde, hat Ida ihr Haus verkauft, nicht gegen bar, sondern gegen lebenslanges Wohnrecht und Hilfe im Alltag. So musste sie, obwohl sie keine Rente bezog, keine Not leiden. Bei einem Besuch in Rodenkirchen habe ich später die betreuende Familie kennengelernt. Ida hat großes Glück gehabt.

Wenn ich nach Rodenkirchen komme, fahre ich an Ida Baakes Haus vorbei, an meinem Geburtshaus, und erinnere mich gerne an die bescheidene, lebenstüchtige und hilfsbereite Ida.

RODENKIRCHEN. Woher kommt der Name? Mit einer roten Kirche hat er nichts zu tun. Die Erklärung hat uns Alma Rogge gegeben aus Anlass ihrer goldenen Konfirmation im Jahre 1959. Sie sagte, der Name hänge zusammen mit dem alten Wort „ruod" für „Kreuz". Also besaß Rodenkirchen eine Kreuzkirche, wie sie im 12. Jahrhundert gebaut wurden. Die Fensterruten in Form eines Kreuzes weisen auch darauf hin. Die

Kirche wurde zur Ehre Gottes errichtet, aber auch als Trutzburg oben auf der Wurt zum Schutz gegen Sturmfluten und bedrohliche Fehden feindlicher Heerscharen.

Alma Rogge kannte auch noch die Geschichte zur Betglocke, an der man den Abdruck einer Hand erkennt. Woher stammt er? Man erzählte, die Glocke sei gerade gegossen worden, da habe man aus dem Nachbardorf ein Weib als Kundschafterin geschickt, um zu erfahren, ob die Glocke schon vollendet sei. Glocken waren sehr kostbar. Sie wurden gerne von Nachbardörfern gestohlen. Das Weib legte die Hand an die noch heiße und weiche Glocke. Die Hand drückte sich ein und die Frau erlitt höllische Schmerzen.

Alma Rogge lauschte während der goldenen Konfirmation der Predigt von Pastor Block, aber ihre Gedanken schweiften zurück zu Pastor Wilhelm Ramsauer, der sie 1909 konfirmiert hatte. Als er sie damals gefragt habe: „Was Gott zuerst getan?", habe sie geantwortet: „Er hat uns geschöpft." Also sind wir Geschöpfe Gottes!

Alma hatte 1959 noch einmal die altehrwürdige Kirche betreten, in der schon ihre Vorfahren dem Gottesdienst beigewohnt hatten, die Familie ihrer Mutter mit dem Namen Lübben, den wir von Didde und Gerold kennen. Lübbens waren hier schon um das Jahr 1200 als Friesenhäuptlinge sesshaft. Das lässt sich durch alte Urkunden belegen.

Über Alma Rogge muss ich nicht viel erzählen. Sie war weithin bekannt als Schriftstellerin und als Redakteurin der Zeitschrift „Niedersachsen". Geboren wurde sie 1894 in Rodenkirchen. Schon während der ersten Schuljahre begann sie mit dem Schreiben, beobachtete die Menschen und verfasste lebendige Geschichten in Hoch und Platt. Dass die Bauerndeern wie selbstverständlich den

Weg in die große Welt geschafft hat, hing mit ihrer besten Freundin zusammen, mit Hanna Wisser, der Tochter des Oldenburger Märchenprofessors Wilhelm Wisser. Auch August Hinnrichs hat sie zum Schreiben ermutigt. Gegen alle Widerstände im Elternhaus hat Alma Deutsch, Kunstgeschichte und Philosophie studiert. War es bis jetzt schon ein steiniger Weg, so hat sie auch weiterhin kämpfen und sich als Frau durchsetzen müssen. Dabei kam ihr der friesische Dickschädel immer wieder zustatten und dazu ihr unzerstörbarer Humor. Als sie ihre Doktorarbeit zurückbekam, meinte der Professor voller Anerkennung, das Einzige, was er an der hervorragenden Arbeit auszusetzen habe, sei ein Schreibfehler: „Das Wort Publikum schreibt man in der Mitte nicht mit P." Darauf Alma: „Mit Verlaub, Herr Professor, es gibt auch ein Publikum mit P."

Dann startete Dr. Alma Rogge in ein erfolgreiches Leben. Sie hat neun Romane bzw. lange Erzählungen in Buchform veröffentlicht, acht Lustspiele auf die Bühne gebracht und viele Vorträge gehalten. Und nach ihrem Tod sind ihre persönlichsten Texte in einem Gedichtband erschienen. Ein besonderes Buch.

Für mich ist Alma Rogge einer meiner Lebenswegweiser. Über ihre Arbeit hat sie in aller Bescheidenheit gesagt, es könne doch nicht nur Nachtigallen geben. Auch die kleine Feldlerche könne sich fröhlich singend himmelan aufschwingen. Sie sei dankbar, eine solche Feldlerche sein zu dürfen. Das ist ein treffendes Wort für mich. Auch ich bin gerne nur eine fröhliche Feldlerche.

Alma Rogge:
Wo ick herkaam,
is dat Land so free un wiet,
wasst dat Gras un bleut de Klee,
rüükt de Luft na Salt un See,
blänkert Water, ruschelt Reit,
jagt de Wulken, Wind, de weiht, -
wo ick herkaam –

Aus Rodenkirchen stammt noch ein berühmter Künstler, der Maler Franz Radziwill. Auch über ihn muss ich nicht viel sagen. Wer seine Kunst schätzt, der war mindestens einmal im Radziwill-Museum in Dangast.

Als ich in der Pfalz lebte, hatte ich das große Glück, im Jahre 1975 in der Pfalzgalerie die große Ausstellung mit 80 Werken des Künstlers aus Anlass seines 80. Geburtstages erleben zu können. Das war eine Auswahl aus rund 800 Arbeiten. Franz Radziwills europäischer Rang hatte sich immer offenkundiger fixiert. In den zwanziger Jahren hatte der Künstler eine hohe Sensibilität für van Gogh und Cézanne und vor allem für Chagall entwickelt. Dann lernte er die Maler der „Brücke" kennen und stellte gemeinsam mit ihnen aus. In den Jahren 1923/24 fand er zu seinem eigenen, unverwechselbaren Stil.

Geboren wurde Franz Radziwill am 6. Februar 1895. Sein Vater stammte aus Ostpreußen und war von Beruf Töpfer. Die Familie wohnte in Strohausen, Zu den Deichen 15. Franz hatte sechs jüngere Geschwister. Als der Vater ein Jahr nach der Geburt des Ältesten in Bremen in einer „Ofen- und Thonwaarenfabrik" Arbeit fand, zog die Familie in die Hansestadt.

Franz hat es nach dem Ersten Weltkrieg weit gebracht. Anfangs war er schüchtern und traute sich nichts zu. Am Ende brachte er es zum Professor. In Dangast hat er sich mit eigenen Händen eine Künstlerklause gebaut und dort gelebt. Aber die Rodenkirchener haben ihn nicht vergessen. Wer das Geburtshaus findet, entdeckt eine kupferne Gedenktafel, die auch verrät, dass man den berühmten Maler zum Ehrenbürger ernannt hat. Franz Radziwill hat das verträumte Strohausen 1928 bildlich festgehalten.

Über diese beiden Rodenkircher Künstler habe ich gerne Vorträge erarbeitet und war damit unterwegs. Wir Rodenkircher müssen zusammenhalten.

Es gibt noch eine Persönlichkeit, die mit Rodenkirchen eng verbunden ist: den Heimatforscher und Schriftsteller Philipp Fürst

Sein Buch „Rund um die Strohauser Plate" vermittelt uns viele Kenntnisse, lässt uns aber auch seine tiefe Heimatverbundenheit spüren. Von ihm gibt es zwei weitere Bücher.

Geboren wurde er am 15. November 1921 in Rodenkirchen/Sürwürden, wo die Großeltern lebten und wo eine alte Silberweide stand. Wir erfahren, welchen Nutzen ein Weidenbaum in Haus und Hof und auch in der Medizin hat. Eine Verordnung aus dem Ende des 18. Jahrhunderts schrieb vor, an beiden Seiten der Wege Weidenbäume zu pflanzen.

Philipp Fürst hat auch verfolgt und festgehalten, wie überrascht die Bewohner waren, als sie 1971 für das neue Strohauser Sieltief neben dem alten zu baggern begannen. Dabei stießen sie auf eine Siedlung aus der späten Bronzezeit (um etwa 1000 v. Chr.). Seit1996 sind Forscher dabei, diese Siedlung freizulegen. Schon lange vor der Zeitrechnung haben hier Menschen gelebt.

Für mich war es eine besondere Reise in die Vergangenheit meiner Heimat, als ich hier das neu errichtete Bronzezeit-Haus besichtigen konnte. Die erhaltenen Wurten in der Gegend um Sürwürden und Absen zeugen davon, dass auf dieser Seite der Weser schon vor rund 3000 Jahren Menschen gesiedelt haben.

Am Sieltief in Absen gab es einst eine Ziegelei und eine Kalkbrennerei. Aus der Abser Ziegelei stammen die Rotsteine, mit denen ab 1877 das Pflaster für den Rodenkircher Marktplatz verlegt wurde.

Meine Freundin Rena Töllner, Buchhändlerin in Nordenham, stammte auch aus Rodenkirchen. Wir sind oft durch Butjadingen gefahren und waren auch in dem kleinen, verwunschenen Paradies auf der Strohauser Plate. Wie gut, dass dieses Fleckchen Erde so schwer zu erreichen ist und seinen Charme bewahren kann.

Hier wuchsen und wachsen die Röhrichtpflanzen, deren Schilf für die Reitdächer im Januar von Pächtern geerntet wird, die sich hier ein Zubrot verdienen.

Und wir finden hier die Meeresstrand-Simse (landläufig „Henje"), eine dreikantige Binse, im Schlick. Geschnitten wird sie bei Ebbe, dann gebündelt, gebunden und verfrachtet (1 Bündel = 1 Schof). Diese Binse findet Verwendung beim Flechten von Matten und Stuhlsitzen (Worpsweder Stühle).

Auf dem Kirchhof in Rodenkirchen haben meine Freundin Rena Töllner und ich Alma Rogge Blumen aufs Grab gelegt und sind in die Kirche gegangen. Wir standen bewundernd vor Ludwig Münstermanns Altar, in dem sich Renaissance und Barock zu einem wohl einmaligen Meisterwerk vereinen. Allein dieser Altar ist einen Besuch Rodenkirchens wert. In der St.-Matthäus-Kirche lässt sich am großartigen Altar Ludwig Münstermanns der Glaubenswandel deutlich ablesen. Graf Anton I. von Oldenburg hatte in seinem Land die Reformation eingeführt. Graf Johann VII. richtete dann die Kirchenordnung nach Luthers Glaubensbekenntnis aus. Und Graf Anton Günther sorgte schließlich für die Umsetzung der Reformation in den einzelnen Darstellungen des Kirchenraumes: Im Jahre 1618 bekam der Bildhauer Ludwig Münstermann die entsprechenden Aufträge. Damals war hier der Pfarrer Gerhardus Petri tätig (1611 – 1652). Von der Kanzel über den Taufstein bis zu dem einzigartigen Altar ist alles im Verlauf der Reformation eingefügt oder umgestaltet oder vom Bildhauer selbst neu entworfen worden. Auch die Orgel wurde in dieser Zeit (um1621) gebaut. Dadurch trägt alles die Handschrift Ludwig Münstermanns und fügt sich zu einem harmonischen Ganzen. 1758 wurde die Orgel mit 21 Registern von Johann Hinrich Klapmeyer eingerichtet.

An der rechten Seite des großen Epitaphs für den Stifter Hinrich Detmer sitzt unterhalb der Säule ein alter Mann. Auf dem Knie hält seine Hand einen Totenschädel. Da Ludwig Münstermann das Orgelwerk erst kurz vor seinem Tod vollendet hat, deuten viele diesen Alten als Selbstdarstellung des Künstlers. In diesem Detmer-Epitaph taucht auch der Name der traditionsreichen Familie Grisstede auf. Hinrich Detmers Ehefrau war Metke Grisstede.

Ich besitze eine kolorierte Postkarte aus der Zeit um 1900. Darauf ist der malerische Hafen am Strohauser Siel abgebildet, außerdem das große Anwesen der Familie Grisstede, umgeben von einem herrschaftlichen Park. Diese Familie gehört zu den ältesten Einwohnern Rodenkirchens. Grisstedes sind hier seit mindestens zwölf Generationen ansässig.

Rena und ich, wir haben uns viel Zeit gelassen in der Kirche unseres Geburtsortes und waren tief ergriffen.

Und wir sind zur großen Wurt gefahren, wo jetzt Reiner Tiesler das altehrwürdige Anwesen mit viel Aufwand erhält und bewahrt. Dies war der große Bauernhof, auf dem die Vorfahren von Alma Rogge gelebt haben, die Familie Lübben. Jetzt herrscht hier fröhliches Leben und Treiben auf einem Reiterhof.

Freundin Rena hatte Herrn Tiesler dazu überreden können, einmal eine Veranstaltung auf der Wurt zu erlauben. Im Juni 2006 konnte Rena einladen zu meinem Vortrag in der geräumigen ehemaligen Diele. In dem stilvollen Rahmen, unter all den Menschen, die dicht gedrängt bis hoch hinauf auf den Treppenstufen saßen, durfte ich über Alma Rogge und Franz Radziwill sprechen, hier in der besonderen Atmosphäre.

Die Wurt ist historischer Grund. Bei Ausgrabungen kam ein Fund zutage, der auf das 10. oder 11. Jahrhundert datiert wurde. Diese Stelle war schon während der römischen Kaiserzeit bewohnt. Das ist durch Bodenfunde bewiesen. Zur Zeit der Römer bauten die Menschen hier anfangs noch ebenerdig, ohne von den Fluten bedroht zu werden. Damals hausten hier Chauken. Sie betrieben Ackerbau, Viehzucht und Fischerei. Als dann der Meeresspiegel anstieg, baute man die ersten Wurten, einen Meter hoch. Schicht um Schicht mussten sie hier immer wieder erhöht werden, wie Ausgrabungen beweisen, aufgehäuft mit Schutt, Klei und Mist. Bei Ausgrabungen stellte man 1873 fest, dass die Wurt früher breiter war. Es gab eine große und eine kleine Wurt. Auf der großen steht heute der Reiterhof. 1873 lebte hier ein Ahnherr von Alma Rogge, der Hausmann Reinhard A U G U S T Lübben. Den vorherigen Hof in Alserwurp hatte er abbrechen lassen. Bei Erdarbeiten auf der großen Wurt fand er Tonscherben, Reste von Gefäßen, zu Werkzeugen bearbeitete Steine und Knochen, auch einen Klumpen Kupfer. Alle Funde übergab August der Sammlung Oldenburgischer Altertümer. Später gab es noch mehr Fundstücke: Tierknochen, Holzkohle, Scherben, teils mit geritzten, gelochten und gestanzten Verzierungen, und eine aus einem dünnen Vogelknochen geschnitzte Nadel und 1903 noch ein Steinbeil. Der Rodenkircher Arzt Dr. Heye hat diese Funde dem Oldenburger Museum für Naturkunde und Vorgeschichte übergeben. Man versuchte auch, Näheres über den kleinen, ziemlich steilen Hügel südlich des Hofes zu erkunden. Man hielt ihn für einen Jedutenhügel.

1688 wurde die Wurt zum ersten Mal im Rodenkircher Kirchenbuch erwähnt. Damals ging der Hof von Familie Ummen auf Buhrmanns über. Den Namen Tjörk Ummen findet man noch auf einem Kirchenstuhl. Tjörk Ummen war einer der Stifter der Kanzel (von Ludwig Münstermann).

Friedrich Buhrmann blieb kinderlos und setzte seinen Bruder Jakob als Erben ein. Auch der hatte keine Nachkommen. Der Hof auf der großen Wurt ging an seinen Neffen Hinrich Cornelius. Der verkaufte 1837 alles an Melchior Lübben aus Sürwürden. Melchior Lübben ließ sieben Jahre später alles abreißen und baute den neuen Hof, der 1853 urkundlich erwähnt wurde. In zwei Räumen ließ er Wandmalereien anbringen, keine vervielfältigte Schablonenmalerei. In einem der Räume sind sie erhalten geblieben. Wir haben sie 2006 bewundert, wie auch die Wände und die Decke des „Saales", einer Art Diele, aufgeteilt in geometrische Felder. Man kann hier lange verweilen, um all die Malereien zu betrachten, Fabeltiere, geflügeltes Meeresgetier, anmutige Mädchengestalten, Blumenbuketts, üppige Fruchtkörbe, verbindende Ranken und Girlanden. Vorbild war die Renaissance. Arm kann Melchior Lübben nicht gewesen sein.

Melchiors einziger Sohn Lübbe, also Lübbe Lübben, heiratete und zog auf die Wurt. Von Generation zu Generation vererbten die Lübbens den Hof, bis mit Gerold der letzte aus dieser Familie auf dem Anwesen saß. Lübbens lebten in einer Zeit, in der es den Bauern der Wesermarsch durch Viehzucht und den Handel mit Schlachtvieh gut ging. Das Vieh wurde gewinnbringend nach England exportiert (Wilhelm Müller). Dafür wurden die Häfen ausgebaut, Straßen gezogen und gepflastert. Die neue Eisenbahn verband dann mit dem Hinterland.

Rodenkirchen war ein wichtiges Zentrum. Hier gab es große Märkte, Hengstkörungen, Stuten wurden prämiert. Noch heute erinnert der große Marktplatz mit den drei Markthallen an diese Blütezeit, ebenso der herrschaftliche Gutshof auf der großen Wurt.

Im Jahre 1995 löste Reiner Tiesler aus Elsfleth, Bauunternehmer und sachkundiger Antiquitätenkenner, die Reihe der Pächter ab. Er kaufte das gesamte Anwesen. Mithilfe von Stiftungsgeldern hat er gründlich renovieren können. Aus der Scheune ist eine Reithalle geworden. Im Stall nebenan gibt es Boxen für 24 Pferde, sehr zur Freude der Reiterinnen und Reiter in der näheren und weiteren Umgebung. Die Trophäen im Reiterstübchen bezeugen etliche Erfolge. Der Hof auf der Wurt hat mit dem neuen Besitzer Reiner Tiesler großes Glück gehabt. Heute steht das Anwesen unter Denkmalschutz.

Wer übrigens alles über Rodenkirchen wissen will, der kann ins Museum des Rüstringer Heimatbundes in

Nordenham gehen. Dem habe ich meine dicke Rodenkirchener Chronik von Dr. Richard Hage überlassen. Freundin Rena und ich sind auch gerne hinausgefahren zum Bronzezeithaus, das den Beweis dafür liefert, dass in Rodenkirchen schon vor 3000 Jahren Menschen gelebt haben. Als wir wieder einmal dort waren, durchstöberte auch eine Lehrerin mit ihrer Schulklasse dieses Zuhause von Mensch und Vieh. Da fragte ein kleiner Junge entgeistert: „Wo hatten die denn ihren Kühlschrank?"

Zum Vorschein gekommen sind die Spuren des Bronzezeithauses, als man in den siebziger Jahren des 20. Jahrhunderts das neue Strohauser Sieltief ausgebaggert hat, um die Entwässerung der nördlichen Wesermarsch zu verbessern. Mein Vater hat glücklicherweise von dem alten Strohauser Siel ein stilvolles Foto aufgenommen. Die Baggermaschinen stießen bei Hartwarderwurp auf Holzreste und Scherben. Am Strohauser Siel hatte man öfter freigespülte Tonscherben gefunden, wusste aber nichts damit anzufangen. Jetzt begann man zu bohren und entdeckte, dass sich in zwei Metern Tiefe im sumpfigen Erdreich Reste einer Siedlung befanden, die bis dahin unbekannt war. Was für eine spannende Entdeckung! Für genauere, umfangreiche Untersuchungen fehlte das Geld. Zwanzig Jahre später (1996) konnte das Niedersächsische Institut für historische Küstenforschung aus Wilhelmshaven mit der Grabung beginnen. Die Arbeiten zogen sich bis 2001 hin. Man förderte die Reste einer kompletten Hofstelle zutage. Sie gehört zu den ältesten gefundenen Siedlungen in der gesamten deutschen Marsch. Die Archäologen legten die Stümpfe von 2000 Holzpfosten frei. Der fette Klei hatte sie unter Luftabschluss konserviert. Außerdem fand man Knochen, Pflanzen, Keramik und Gegenstände aus Bronze. Am

Ende ließ sich nach den Grabungsergebnissen ein vollständiges Haus rekonstruieren. Es wurde vom „Förderverein Bronzezeithaus" mit EU-Mitteln gebaut und ist seitdem einer der Anziehungspunkte Rodenkirchens.

Die Ausgrabungen sind abgeschlossen. In der Außenanlage lernt man Pflanzen kennen, die hier zur Bronzezeit gewachsen sind. Es lohnt sich, diesen Ort zu besuchen, um einen Eindruck zu bekommen, wie unsere Vorfahren vor 3000 Jahren gelebt haben.

Wenn Rena und ich in Rodenkirchen waren, dann haben wir zum Abschluss in Hartwarden vor dem imposanten Friesendenkmal gestanden, das der Künstler Emil Jungbluth entworfen hat.

Aber unser Rodenkirchen ist neben all den Kunst- und Kulturschätzen auch modern. Hier wurde – und das ist in unserem Raum noch eine Seltenheit – ein Kolumbarium eingerichtet, ein Platz für hundert Urnen mit der Asche von Verstorbenen, die nicht in der Erde verschwinden sollen. Das ist eine neue Form der Bestattung neben Urnengräbern im Ruhewald und neben den Seebestattungen.

Bilder

Adolf Albers

Elimar Diers

Walter Looschen

Peter Harmjanz

Theodor Tantzen, geb. 14. Juli 1877 in Heering bei Abbehausen, gestorben am 11. Januar 1947 in Oldenburg,
in deutscher Politiker und Landwirt.

Beiseitzung in Abbehausen-Heering

Beisetzung von Theodor Tantzen in Abbehausen-Heering

Mein Geburtshaus in Rodenkirchen-Strohausen (Ida Baake)

2006 mit Rena Töllner auf dem Reiterhof

Professor Bernhard Winter:
Bullingsche Villa in Ellwürden
(Wir wohnten im Erdgeschoss.)
Kopie einer Abbildung in Privatbesitz

Die Bullingsche Villa

„Maria ik hete,
de van Langewarden hebbet mi laten ghete"

Marienglocke in Langwarden, gegossen 1468 vom
berühmten Glockengießer Ghert Klinghe
(veröffentlicht 1967 vom RHB),
1930 gesprungen, danach im Schlosshof in Oldenburg

Mühle in Moorsee

Marschendichter Hermann Allmers
Kohlezeichnung von H. Rahmeyer

veröffentlicht 1967 vom RHB
(hängt im Landesmuseum für
Kunst und Kulturgeschichte
in Oldenburg)

Das Denkmal des Hartwarder Friesen, am 400. Jahres-
tag der Schlacht aufgestellt.

Zur Erinnerung an die Schlacht an der Hartwarder Landwehr (auch Hartwarder Schanze) am 21. Januar 1514 bei Rodenkirchen im Stadland.

Die Rodenkirchener Kirche

Rodenkirchen

Die Orgel hat eine lange Entstehungsgeschichte:
1631 schuf Johann Sieburg das erste Orgelwerk.
Das wurde 1642 vom Orgelbauer Harm Kröger aus Oldenburg
erweitert. 1756 entschloss man sich zum Bau einer neuen Orgel.
1758 schuf Johann Hinrich Klapmeyer ein Orgelwerk nach dem
Vorbild Arp Schnitgers. Dieses Werk ist 1907 beim Neubau der
Orgel erhalten geblieben. Dabei sind vermutlich Pfeifen aus
der ursprünglichen Orgel von 1631 wieder verwendet worden.

Taufstein in der Rodenkirchener Kirche

Das Grab der Schriftstellerin Alma Rogge.

Die Kanzel von Ludwig Münstermann

Satan

Engel

Historisches Kaufhaus in Abbehausen

Blexen

E'he Blexen ein Teil von Nordenham wurde, hat das Dorf eine lange Entwicklung durchlaufen. Blexens Vergangenheit ist getränkt mit vielen Sagen. Manchmal sind Wirklichkeit und Sagenhaftes kaum von-einander zu unterscheiden.

Anfangs sollte die Blexer Kirche auf dem Roding stehen, das war ein freier Platz zwischen dem Ohlhamm und der Mühle. Man begann mit dem Bau, aber die Grundmauern sanken immer wieder ein. Man suchte nach einem neuen Platz, war aber unschlüssig. Deshalb band man eines Abends zwei Ochsen zusammen. Wo sie am nächsten Morgen zu finden wären, sollte das Gotteshaus erbaut werden. Die klugen Ochsen fanden die trockenste Stelle – oben auf dem Deich. Auch hier schlugen alle Versuche fehl.

Die Dorfältesten erinnerten sich an den Brauch, den man vom Deichbau kannte: Das Einfügen von etwas Lebendem, von etwas, das man gern hatte, ein Kind. Ein Opfer, das kein Blexer bringen wollte. Sie schickten einen Boten nach Lehe, um dort ein Kind zu kaufen. Das wurde lebend eingemauert. Jetzt blieb das Mauerwerk stabil und gerade.

Von diesem heidnischen Machwerk hörte der heilige Hippolyt. Für ihn war das eine schändliche Freveltat. Er verfluchte die Leher, weil sie für schnöden Mammon ein unschuldiges Kind verkauft hatten. Der Fluch wirkte sofort. In Lehe schlugen Flammen aus den Dächern der Häuser. Alle brannten nieder. Schreckensbleich sahen die Blexer, wie in Lehe die Feuer gen Himmel loderten. Sie waren an dem Frevel beteiligt. Würde auch Blexen verflucht werden und niederbrennen? Was sollten sie tun? Das Kind in der Mauer lebte nicht mehr. Schließlich wussten sie nur den einen Rat, nämlich denjenigen, der den Fluch ausgesprochen hatte, auch in den Kirchenmauern verschwinden zu lassen. Gedacht, getan.

Hippolyt wurde ebenfalls eingemauert. Man ließ in dem Mauerwerk zwei Löcher frei, eines nach innen, damit der Gefangene dem Gottesdienst lauschen konnte, das andere nach außen, damit er auch nach Lehe hinübersehen konnte. Blickte der Heilige hinüber, dann rief er: „O weh! O weh! Du sündig Leh'! Wenn ick di seh, deit mi dat Hart in'n Lieve weh." Die Öffnung nach außen erfüllte noch einen Zweck. Zwei Tauben kamen täglich angeflogen und brachten dem Eingekerkerten Nahrung.

(Die Informationen habe ich entnommen aus „Heimatbücher", Band I, „Die Sagen", gesammelt und bearbeitet von Johann Jakob Cordes und F. Müller, Verlag Fritz Brüning, Lehe)

Willehadus habe ich schon erwähnt. Er wurde der erste Bischof von Bremen. Oft fuhr er auf der Weser der Mündung zu und predigte den Heiden den christlichen Glauben. Gerne weilte er in Blexen. Dort ist er auch gestorben. Der Willehadus-Brunnen erinnert an ihn. Damit soll es folgende Bewandnis haben: Die Blexer klagten Willehadus ihr Leid. Sie waren zwar von Wasser umgeben, hatten aber kein Trinkwasser. Willehadus versprach zu helfen.

Als er von einer Reise in ferne Lande zurückgekehrt war, verkündete er den Blexern die frohe Botschaft, er habe ihnen in der Fremde einen Brunnen mit reinem Wasser gekauft. Aber was sollten die Blexer mit dem Brunnen in fernem Land? Willehadus hielt eine Predigt über das Bibelwort „Der Glaube kann Berge versetzten", dann nahm er seinen Bischofsstab fest in die Hand und stieß ihn ins Erdreich. Ein Wunder geschah. Ein Quell begann zu sprudeln und schenkte den Blexern das klarste Wasser. Alle waren dankbar und glücklich. Und der Brunnen im fernen Land? Der war angeblich versiegt...

Im Zusammenhang mit Hippolyt müssen wir an die Schlacht bei Coldewärf erinnern. Man erzählte: Die Rüstringer, besonders die Butjadinger, bereiteten einst mit ihren Überfällen den Bremer Kaufleuten auf der Weser viel Verdruss. Da zog der Graf von Oldenburg mit 700 Rittern, Knappen und Bremer Bürgern zu Fuß in das Land bei Blexen. Man musste wegen eines Flusses das Heer aufteilen. Dadurch hatten die ortskundigen Butjadinger leichtes Spiel. Zuerst vernichteten sie den kleineren Haufen auf der einen Seite des Flusses, dann gingen sie gegen den größeren auf der anderen Seite vor. Alle Toten warfen sie auf der Walstatt in eine große Grube – bis auf einen Junker, den begruben sie auf dem Kirchhof. Während des Kampfes hatte man in der Luft über den Häuptern der Streitenden die eherne Keule des heiligen Hippolyt gesehen. Er war der Patron von Blexen. Die Keule wog um die zweihundert Pfund. Sie sauste immer wieder auf die Feinde der Friesen nieder und zermalmte sie. Um das Jahr 1534 hat man die Keule auf die Burg von Ovelgönne gebracht.

Wo hört die Wirklichkeit auf, wo umspinnt die Sage den wahren Kern? Wer mehr über Hippolyt wissen will, diesen Unglücklichen, der muss in den Göttersagen nachlesen.

In der Blexer Kirche wurde über dem Tabernakel ein Sandsteinrelief angebracht, das den Gemarterten darstellt. Lange wurde er in Blexen hoch verehrt. Bis ins 18. Jahrhundert hinein besuchten Wallfahrer die heilige Stätte,

das Fenster in der Kirchenmauer. Sie kratzten Gesteins-
mehl aus der Mauer, weil sie ihm wundertätige Kraft
beimaßen. Noch heute erkennt man in der Außenwand
lange Kratzspuren. Man nennt sie im Volksmund „Teufelskrallen". Ich habe mir die Teufelskrallen angesehen,
aber nichts aus der Mauer mitgenommen. (Die Informationen habe ich dem „Niederdeutschen Heimatblatt" vom
Juli 2003 entnommen.)

In der Blexer Kirche stehen wir vor einem anderen Großen, vor der Gestalt des Moses, erschaffen von Ludwig
Münstermann als Symbol des alten Bundes und in Erinnerung an die Gesetzestafeln, die er in der rechten Hand
hält.

Ich konnte den Grund nicht finden, warum die Blexer
ihre Kirchenorgel nicht bei Arp Schnitger in Auftrag gegeben haben, sondern bei der Konkurrenz, bei dem Orgelbauer Joachim Kaiser in Jever.

Es geht noch einmal um ein Kindsopfer, wieder um eine
Fama. Es war ein alter Glaube, dass das Wasser Opfer
von den Menschen fordert. Um die Wassergeister zu ver-
söhnen, brachte man ihnen freiwillig Gaben.

Einst hatte eine Sturmflut die Deiche und Siele am Jadebusen zerstört. Es war sehr mühsam, alles wieder aufzu-
bauen. Besonders bei einem Siel gab es große Schwierig-
keiten. Die strömende Flut riss das neu Errichtete immer
wieder fort. Da meinte einer der Arbeiter, man müsse ein
kleines, lebendes Kind im Deich eingraben, dann würde
er halten. Eine Mutter war bereit, ihr taubstummes Kind
zu opfern. Man steckte das Kind in eine Tonne und legte
ihm Essbares mit hinein. Fröhlich griff das Kind nach
Kuchen und Zwieback. Man senkte die Tonne in ein aus-
gehobenes Erdloch und begann mit dem Zuschütten. Da
konnte das Kind plötzlich sprechen und rief aus dem

Deichinneren: „Moders Hart is harter as een Steen."
Dann verstummte es.

Die Bauopfer waren im alten friesischen Glauben bekannt. Bei Kirchenbauten musste es ein Kind sein, beim Deichbau tat es auch ein Hund. Der Heimatforscher Johann Jakob Cordes (1880 – 1976) hat 1956 im „Niederdeutschen Heimatblatt" von den Bauopfern berichtet. Es soll sie im Mittelalter und auch später noch gegeben haben. Als Bauopfer musste das Beste, Liebste hergegeben werden. Fiel es den Betroffenen zu schwer, dann kauften sie einer „Zigeunerin" ein Kind ab, also ein gestohlenes. Diese Volksgruppe zog noch während meiner Kindheit durch unsere Heimat. Das Altüberlieferte war noch gegenwärtig. Meine Eltern warnten mich, sie drohten, diese Leute würden Kinder stehlen und dann an Fremde verkaufen. Ich hatte eine Heidenangst vor den Nomaden, ich wollte nicht gestohlen und verkauft werden. (Zu dieser Zeit war der Begriff „Zigeuner" üblich.)

Mit einer Sage, wieder entnommen aus den „Heimatbüchern", Band I, will ich mich von Blexen und seiner alten Kirche verabschieden.

In alten Zeiten stand auf dem Blexer Sand ein einzelnes Haus. Darin ging es nicht geheuer zu. Auf dem Speicher spukte es. Schaffte man Lagergut hinauf, dann lag es am nächsten Morgen unten vor der Treppe. Da oben geisterten nämlich die Seelen verstorbener Glücksspieler, die im Grab keine Ruhe fanden. Genau in diesem Haus hatten sie beisammen gesessen, sogar am heiligen Karfreitag, hatten gezockt und gezecht.

Einst zog ein neuer Heuermann in das Haus ein. Schon in der ersten Nacht erwachte er und erschrak. Vor seinem Bett stießen zwei Ritter ihre Schwerter krachend auf den Boden, so gewaltig, dass das ganze Haus erzitterte. Der

Verängstigte starrte die Ritter an. Da sagte einer von ihnen mit dunkler Grabesstimme: „Erschrick nicht! Wir wollen dir kein Leid zufügen. Du kannst in Ruhe und Frieden das Haus bewohnen. Nur steige nicht hinauf zum Boden! Sollte es dir jemals an Geld mangeln, nun, ich verrate dir einen Ort, wo du finden wirst, was du brauchst. Und wenn du wissen willst, wer wir sind, die wir da oben hausen, dann suche die Schlösser von Varel und Oldenburg auf. Dort hängen unsere Bildnisse an der Wand.“

Langwarden

Zwei unverheiratete, reiche Schwestern hatten einst beschlossen, dort, wo es jetzt das Dorf Langwarden gibt, eine schöne Stadt zu bauen. Sie heuerten Arbeiter an und ließen zunächst eine Straße anlegen. Da kam ein Fremder vorbei, der fragte die Arbeiter, was sie da trieben. Sie gaben Auskunft. Meinte der Fremde: „Na, dat schall woll lang wahren!“, und zog weiter.
Plötzlich starben die beiden Schwestern und niemand kümmerte sich mehr um die Baupläne. Aus der Stadt wurde nichts. Dafür siedelten mit der Zeit etliche Leute an der neuen Straße und es entstand ein blühendes Dorf. Man erinnerte sich an den Ausspruch des Fremden und nannte es Langwarden.
Tatsächlich sollen die Langwarder die ersten Dorfbewohner in Butjadingen mit einer gepflasterten Straße gewesen sein. Später wurden die Langwarder berühmt

durch ihre Kirche. Sie wurde als ein wichtiger Markierungspunkt des Landvermessers Gauß auf unserem alten Zehnmarkschein festgehalten.

Ein Besuch der Kirche lohnt sich wegen ihrer Kunstschätze.

Man weiß nicht, ob es in Langwarden ursprünglich zwei oder drei Kirchen gegeben hat. Die jetzige wurde zweimal umgebaut, dabei wurde sie jedes Mal kleiner. Geblieben ist die Laurentiuskirche, die in Abbehausen eine Butjadinger Namensschwester hat. Benannt wurde sie zur Erinnerung an den Mann, der einst dem Papst unerschrocken entgegengetreten ist. In der Langwarder Kirche gibt es einen Schatz zu bestaunen, die älteste Orgel Butjadingens, erbaut 1650/51 von Hermann Kröger aus Berne. Anfang des 18. Jahrhunderts wurde sie von Arp Schnitger restauriert und bekam ihren schönen Klang.

Aus dem Mittelalter ist ein Steinhaus erhalten geblieben, das wurde zu einem Flügel der Pastorei. Ursprünglich war es das Refektorium der Mönche. Dieses Steinhaus ist der älteste Profanbau des Landes.

Sinswürden

Bei dem Dorf Sinswürden in Butjadingen liegt die Hofstelle Memmenburg. Mit dem Namen hat es der Sage nach folgende Bewandtnis: Während der Weihnachtsflut von 1717 hatte die See ein Loch in den Deich gesprengt und viele Häuser fortgerissen. Auf den Wassermassen trieb eine Wiege. Eine weiße Katze sprang auf der Zudecke der Wiege hin und her und hielt das schaukelnde Gefährt im Gleichgewicht. Von der Flut wurde die Wiege schließlich an Land getrieben. Man fand darin ein kleines Kind, das den Leuten die Ärmchen entgegenstreckte und rief: „Memme! Memme!" (Mutter) Daher hat dieser Hof seinen Namen.

Ruhwarden

Das ist angeblich ein sagenhafter Ortsname. Als in Butjadingen wieder eine Flut die Deiche zerstörte, entkam in einem Dorf nur der Pastor, der mit Pferd und Wagen das Weite suchte. Die Pferde rasten wie wild davon. Der Pfarrer rief: „O Gott, schall denn gar kiene Ruh warden?" Das Dorf Ruhwarden entstand dort, wo der Ausruf des Pfarrers erklungen sein soll.

Bei Potenburg waren die Pferde endlich erschöpft, so dass sie kaum noch die „Pfoten", de Poten, bewegen konnten. Bei der „Stelterei" ist das Gestell verloren gegangen und beim „Stick" trieb das Gefährt zu Stick, d. h. es wurde aufgehalten, weil ein Pferd stürzte. Bei „Burgenburg" wurde der Pfarrer schließlich geborgen.

Stollhamm

Kirchenglocken waren schon immer unerschwinglich teuer. Deshalb gab es noch nicht so viele. Die Leute in Tossens hatten zwei und die Stollhammer hatten gar keine. Das war ungerecht, fanden jedenfalls die Stollhammer. Daher machten sich eines Nachts Männer mit kräftigen Ackergäulen auf den Weg nach Tossens, holten eine Glocke aus dem Kirchturm und ließen sie heimwärts ziehen. Allerdings waren die Bestohlenen von dem Lärm erwacht, sprangen aus den Betten und folgten den Dieben. In wilder Jagd ging es auf die Brücke zu, die die beiden Dörfer trennte. Leider rissen kurz vor der Brücke die Stränge, mit denen die Glocken gezogen wurden. In ihrer Not rissen die Stoll-hammer den Pferden die Schwänze aus und befestigten daran die Glocken. So gelangten sie mit ihrem Raub über die Brücke. Sie waren zu Hause und hießen seitdem bei den Nachbarn „Strappenluker". Aber das tat den Stollhammern nicht weh. Leider trug die Glocke die Inschrift: „Maria ick bün heeten. De van Tossens leeten mi geeten." Das erinnerte an die schändliche Tat. Deshalb wurde die Glocke umgegossen. Wahrheit oder Sage? Gewiss ist, dass es manchen Glockenraub gegeben hat.

Burhave

Auch in Burhave soll es zur Kirchglocke eine merkwürdige Geschichte geben. Auch die Burhaver wollten eine große, volltönende Glocke haben. Sie ließen einen Glockengießer in ihr Kirchspiel kommen. Der sollte die Glocke vor Ort gießen, damit sie kontrollieren konnten, ob auch all das edle Metall, das die frommen Spender brachten, für den Glockenguss verwendet wurde.

Der Glockengießer baute seine Werkstatt auf dem Kirchhof auf und warf das Metall in den Schmelzkessel, auch den letzten Silberlöffel der armen Witwe. Das Feuer wurde entfacht, aber das Metall war so hart, dass es erst nach vier Wochen zu schmelzen begann. Jetzt kam der große Augenblick. Alle Burhaver hatten sich auf dem Kirchhof versammelt.

Mit lauter Stimme rief der Glockengießer: „Jetzt!" Alle entblößten die Häupter. Aber nichts geschah. Das geschmolzene Metall wollte nicht fließen. Der Glockengießer wusste den Grund. Mit scharfem Blick schaute er über die Menschenmenge und verkündete: „Dor sünd twee Ogen toveel!" Dann wandte er sich schweigend wieder dem Schmelzvorgang zu, zog zwei brennende Holzscheite aus dem Feuer, schlug damit an den Kessel. Da fiel hinten auf dem Kirchhof ein Mann um und versank in einer Gruft. In dem Augenblick begann das Metall zu fließen. Den Mann hat niemand mehr gesehen. Die Glocke war von schöner Form und reinem Klang. Die Glocke, die wegen der Opfer und Spenden allen gehörte.

Ellwürden

Mein Vater, von Beruf Lehrer, wurde 1937/38 an die Volksschule Abbehausen versetzt. Als Notbehelf wies man uns eine Wohnung beim Sattler Bielefeld in Abbehausen zu. Danach begann für mich eine Zeit, in der ich mich fühlte wie Alice im Wunderland.

Heinrich Bulling, ein erfolgreicher Auktionator und Bankier in Ellwürden, war jetzt, im Alter, nach Oldenburg gezogen. Vorher lebte er zusammen mit seiner Frau Anne und drei Kindern in seiner herrschaftlichen Villa mit Park in Ellwürden, dem Amtsgericht gegenüber. Er hatte die Villa eigens für sich bauen lassen. Der Künstler Bernhard Winter aus Oldenburg hat sie in zarten Farben auf einem Gemälde festgehalten.

Wir zogen ins Erdgeschoss dieses herrschaftlichen Hauses und verfügten über die Hälfte des großen Grundstücks. Oben wohnte Familie Kugelstadt, ein Ehepaar mit drei Kindern und der Oma. Das jüngste Kind, Rolf, wurde hier geboren. Hieß der Älteste Hermann? Herr Kugelstadt war Werksdirektor in Einswarden oder Friedrich-August-Hütte. Die Familie blieb nicht lange hier. Plötzlich, über Nacht, waren alle verschwunden. Sie hatten sich noch rechtzeitig zu Beginn der Juden-verfolgungen durch die Nazis absetzen können.

Unsere Familie, Vater, Mutter, meine kleine Schwester und ich, konnten uns in der geräumigen Wohnung mit Veranda und Erker, sogar mit einem Badezimmer und mit einer der beiden Garagen, nach Herzenslust ausbreiten. Edler Stuck an Wänden und Decken, weiße Schiebetüren, die aus zwei Räumen einen machten, die Küche mit Durchreiche zum Esszimmer, alles vornehm. Jedenfalls empfand ich es so. In einer solch großzügigen Umgebung musste man ein anderer Mensch werden.

Und dann die Nachbarschaft! Gegenüber stand das alte Amtsgericht, erbaut 1824, das seine Funktion bis 1913 behalten hatte. Zu dem Zeitpunkt wurde die Zuständigkeit nach Nordenham verlegt in das stattliche neue Amtsgericht. Im alten Amtsgebäude wohnte immer noch der letzte Oberamtsrichter Hermann Bartels. Er hatte das Amtsgericht erworben, weil er seine gewohnte Umgebung im Alter nicht mehr verlassen wollte. Jeden Tag beobachteten wir Dorfkinder den großen, hageren Kauz in dem abgeschabten Cut. Seine langen, dünnen Beine steckten in engen, schwarzen Hosen. Er war sehr wortkarg. Das Ehepaar Eilert, das auch im Amtsgericht wohnte und den alten Herrn betreute, bekam von ihm nur schriftliche Anweisungen.

Täglich spazierte Bartels durchs Dorf, leicht vorgeneigt, seine Hände auf dem Rücken verschränkt, eine Figur für Busch oder Spitzweg. Wir Kinder fanden die Gestalt interessant, stromerten hinterher und versuchten, ihn anzusprechen, aber ohne Erfolg. Wenn er so durchs Dorf stakste, langten seine Finger manchmal seitlich in die Tasche. Er holte etwas Kleines hervor und schob es in den Mund. War die Tasche mit Bonschen gefüllt? Dann sollte er uns welche abgeben. Dreist sprachen wir ihn von der Seite an und bettelten um Boinschen (Bonbons). Der große Herr schwieg. Als wir nicht von ihm abließen, griff er in die Tasche und streute uns trockene Brotbrocken in unsere nicht ganz sauberen Hände. Da ließen wir ihn von dannen ziehen. Der wusste ja nicht einmal, was Boinschen waren und war doch so'n klooken Keerl. Kein Wunder, dass er Junggeselle war. So ein Geizkragen! Das dachten wir.

Nein, er war nicht immer unbeweibt durchs Leben gegangen. Damit hingen wohl die beiden Frauen in seiner Nachbarschaft zusammen. Eine wohnte im Garten des Hauses neben dem Amtsgericht in einem Bungalow, der mehr einem ausrangierten Eisenbahnwagen mit ausgebautem Perron glich. In diesem Nachbarhaus befand sich früher die Amtswohnung unseres Oberamtsrichters. Die Bewohnerin des Bungalows war Käte Freifrau von Broich, eine Künstlerin, eine Sängerin mit einer Stimme wie Zarah Leander.

111

In den Kriegsjahren schickte Mutter mich manchmal zu ihr mit einer Flasche Milch oder einer kleinen Pralinenschachtel mit eingestapelten Würfelzuckerstücken. Ich fand auch die Sängerin sonderbar. Tagaus, tagein trug sie ein grob gewirktes braunes Kostüm mit langem Rock. Manchmal konnte man sie weithin hören. Dann sang sie vor ihrem Bungalow: „Der Wind hat mir ein Lied erzählt" oder „Ich weiß, es wird einmal ein Wunder gescheh'n." Alle hörten gerne zu. War das ein Ständchen für Hermann Bartels? Meine Fantasie begann zu spinnen. Hatte er sie nach Ellwürden geholt? Oder war sie ihm gefolgt? Eine spannende Liebesgeschichte? Niemand wusste es. Das wäre der Stoff für Dorfklatsch gewesen. Aber wenn der Herr Oberamtsrichter den Mund nicht aufmachte...

Da gab es noch eine Frau, ebenso geheimnisvoll. Sie wohnte in dem Haus mit der ehemaligen Oberamtsrichterwohnung. Sie war angeblich eine gewesene Schauspielerin, Lucie Fischvoigt Gascard, eine kleine, gut geformte, immer adrett frisierte und gekleidete Person mit Tochter. Diese elegante Dame nannte sich zwar so fantasievoll, aber das war wohl nur der Künstlername. Vielleicht hieß sie bloß Müller oder Meier. Auch hier dachte ich mir eine Geschichte aus.

Die Tochter trug die schönsten Kleider. Einmal bin ich eigens über die Straße gegangen und vor ihr stehen geblieben, um das bezaubernde Wesen zu bewundern in seinem changierenden Kleid. Da hat sie mir saftig ordinär eine geschallert. Das konnte ich nicht verstehen. Ich war noch ein Kind und hatte vom horizontalen Gewerbe keine Ahnung.

Neugierig beobachtete ich diese seltsamen Nachbarn. Sie schienen sich nicht grün zu sein. Keine Verbindung zu dem Eigenbrötler Bartels. Auch nicht der Damen untereinander.

Der alte Herr hatte das mehrstöckige Amtsgericht in etliche Mietwohnungen aufgeteilt. So konnte er wohl von den Mieteinnahmen leben oder bekam er eine Pension, die er aufstockte? Das Haus war sehr alt und dringend renovierungsbedürftig. Aber es wurde nichts geändert. Als unser Herr Bartels dann einmal klamm bei Kasse war, wurde das Amtsgebäude zwangsversteigert. Was hatte er mit all seinem Geld gemacht? Er lebte doch völlig bescheiden. Meine Fantasie bekam neue Nahrung.

Jetzt schlug sie zu, Lucie, die Schauspielerin mit dem tollen Namen. Sie kaufte das Amtsgericht, strich fortan die Mieten ein, ließ aber auch nichts renovieren. Viel hatte sie für den alten Kasten sicher nicht hinblättern müssen. Es änderte sich nichts. Das Amtsgericht verrottete weiter.

Die erwähnten besonderen Persönlichkeiten verliehen Ellwürden etwas Glanz. Sonst gab es nur noch die Wahrsagerin, die wohnte einem alten Häuschen am Weg hinter Bäcker Schwarting, ein wenig bergan. Man sagte, die alte Frau mit dem strähnigen Haar und dem krummen Rücken habe das „zweite Gesicht", sie könne hellsehen, wahrsagen. Oft gingen junge Mädchen zu ihr, um etwas über das ersehnte Glück zu erfahren. Wir Kinder hatten Angst vor ihr.

Als der alte Amtsrichter gestorben war, wurde sein Hausstand aufgelöst. Mein Vater erwarb einen hohen, zweitürigen Aktenschrank. Der wurde in unser Kinderzimmer gestellt. Wir sollten darin unsere Siebensachen verstauen in der alten Ordnung, die der Schrank gewohnt war. Aber damit war's vorbei wie mit all seinem alten Glanz und der Herrlichkeit der guten, alten Zeit. Die einstmals glatt lackierte braune Oberfläche war verkrustet wie die Haut einer vorsintflutlichen Echse.

Auch die Bullingsche Villa wurde nach dem Tod des Besitzers verkauft an „Kartoffelschröder". Wir zogen um in die „Pingelei" an der Grenze zwischen Ellwürden und Abbehausen, schräg gegenüber vom Versorgungsheim mit all den sonderlichen Gestalten. Ich fand es sehr schade, denn ein so herrliches Zuhause würden wir bestimmt nie wieder bewohnen. Neben der Villa gab es noch etwas, das ich entbehren würde, einen Spielplatz für kleine und große Kinder mit Schaukeln, Rundlauf, kleinem Karussell, Turnstangen, Wippen und Reckstangen. Bei uns war ein Loch im Drahtzaun, das wir ein wenig vergrößerten, um schnell bei den anderen Kindern zu sein.

Ehe ich Ellwürden verlasse, darf ich noch eine Persönlichkeit nicht vergessen, deren Haus stand auf der anderen Seite unserer Wohnung. Dieser Herr, Adolf Albers, war ein Unikum. Äußerlich kam er daher wie ein Patriarch (Foto!). Adolf stammte aus Ellwürden, war also ein echter Butjenter mit entsprechendem Dickschädel. Er wusste, was er wollte, war nicht kleinzukriegen. Eine Frau fand er erst, als er fünfzig Jahre alt war. Da hatte sich seine Sturheit allmählich gemildert und das Leben ihm ein paar Ecken und Kanten abgeschliffen. Er besaß unseren speziellen Humor. Mit der Zeit wurde er ein geselliger, fröhlicher Zeitgenosse. Wann ist Adolf Albers auf die Welt gekommen? Ein Dokument habe ich nicht gefunden. Fest steht, dass er 1966 im Alter von 90 Jahren gestorben ist. Da war er längst eine Berühmtheit.

Fangen wir in seiner Jugend an. Nach der Volksschule erlernte er den Beruf des Troddelmachers. Diese Spezies gibt es schon lange nicht mehr. Damals waren die raffinierten Maschinen zur Troddelherstellung noch nicht erfunden. Und man brauchte viele Troddeln, große, kleine, dicke, dünne, runde und lange zum Verzieren der Plüschsofas und Sessel, der schweren Portieren, der dicken, samtigen Tischdecken, Sofakissen und Schlummerrollen, dazu Rüschen und Fransen und andere Aufpepper für die gemütlichen Wohnzimmer.

Adolfs Lehrzeit verschlug ihn nach Oldenburg. Die Zeit lief ihm davon. Als er ausgelernt hatte, konnte man mit handgemachten Troddeln keinen Staat mehr machen. Zuerst kamen die Maschinen und dann änderte sich der Wohnstil. Adolf war nun Troddelmacher, aber wozu? Kurzerhand sattelte er um. Er richtete in Ellwürden bei uns in der Nachbarschaft einen kleinen Laden ein, in dem man alles kaufen konnte, was man im Haushalt brauchte, Mehl und Zucker, Salz, Rietsticken (das sind Streichhölzer), Hollschen und dit und dat, außerdem Petroleum.

Durch Petroleum wurde Adolf Albers berühmt, nämlich mit seinem Petroleumlied. Das hatte er als junger Kerl in Oldenburg gedichtet. Dort war er mit Petroleum erstmals in Berührung gekommen. Da gab es den Rechtsverdreher Kaberlah, der in der Erde bohrte und aufs große Geld hoffte. Kaberlah fand zwar kein Petroleum, wurde aber trotzdem bekannt, weil man ihn verspottete, über ihn lachte.

In Oldenburg lernte der junge Adolf in einem Lokal den alten Schipper Gustav Hotes aus Abbehausen kennen. Sie trafen sich öfter und Hotes erzählte von der Seefahrt, was er da mit Petroleum erlebt hatte. Er habe das Petroleum sogar als Medizin ausprobiert, wenn von den Seeleuten einer krank war. Nun ja, draußen auf See wurde mancher durch eine Rosskur geheilt.

Der Lehrjunge Adolf hörte gespannt zu. Da er in seiner Freizeit gerne Geschichten zu Papier brachte, floss ihm jetzt das heilsame Petroleum aus dem Bleistift, sein Petroleumlied, geschrieben in unserem Plattdüütsch. Und das Lied schlug ein, nicht nur im Ellwürder Hof. Auch in Abbehausen und anderswo wurde beim Kegelabend das Petroleumlied gesungen. Heute würde man sagen, es wurde ein Hit. Adolfs Petroleum heilte nicht, es machte lustig und fidel. Sein Lied wurde länger und länger in so mancher heiteren Runde. Adolf ist nicht mehr. Aber wir haben noch sein Petroleumlied. Hier ein paar Verse in Adolfs Orthografie:

Petroljum is een mojet Ööl,
juppheidi, juppheida!
Dat maakt buten un binnen heel,
Juppheidi, heida!

Dreiht di dat in'n Buuk herum,
denn drink man fix Petroleum,
juppheidi, juppheida!

Littst du an Worms un hest veel Pien,
nimm'n Glasschörr, klopp se fien,
denn röhr se mit Petroljum an,
sluck daal! Schaßt sehn, dor starv se an.

Hest du veel Wanzen, Lüüs un Flö
un büst denn gründlich möh,
denn geet se mit Petroljum natt
un hool'n Füürbrand jem an't Gatt.

Loopt di de Hunnen achtena,
denn man glieks na'n Koopmann gah,
geet di Petroljum an'ne Been'n.
Pass op, di mag kien Hund mehr sehn.

116

Wenn diene Fro de Ohnmacht kriggt,
geet ehr Petroljum in't Gesicht.
se kummt glieks hoch, wat ick di segg.
Man denn, mien Jung, denn wohr di weg!

Abbehausen

Um beim Thema Petroleum zu bleiben: Auch in Abbehausen wurde Petroleum verkauft. Die Firma Büsing stieg von Anfang an in das Geschäft ein und lagerte das Petroleum im Keller.

In Büsings Laden konnte man wirklich alles kaufen, von der Nähnadel bis zu Landmaschinen. Also erwarb man hier auch Petroleumlampen und Petroleumkocher für den Privathaushalt. Dazu brauchte man abgefülltes Petroleum. Das war für Büsings eine lukrative Erweiterung des Angebotes, weil nun jeder Petroleum brauchte.

Ich habe Jahre in Abbehausen gewohnt, mit Unterbrechungen, zuletzt bei dem neuen Partner meiner Mutter, dem Schneider Anton Wiechmann aus Fedderwardersiel und ganz zum Schluss in Ellas Zimmer im Postgebäude.

In Abbehausen besuchte ich die Volksschule von der dritten Klasse an, spielte später mit in der Korbballmannschaft und sang mit im gemischten Chor und im Kirchenchor. Dann kam für mich das bittere Ende. Aber wer weiß, wofür es gut war, dass ich so jung Butjadingen verlassen habe.

Sehr hat mich die Geschichte Abbehausens interessiert, angestoßen von meinem Vater. Abbehausen muss früher eine fest zusammengeschmiedete Gemeinschaft gewesen

117

sein, da man ohne Befehl von oben gemeinsam mit Moorsee und Stollhamm Dämme baute, damit die Heete und die Ahne versandeten und neues Land entstehen konnte: Das war eine mühselige Arbeit. Als sie eben damit fertig waren, brachen Sturmfluten herein und rissen den südlichen Weserarm, das Lockfleth, völlig auf. Da beschloss man, gemeinsam ein Wehr zu errichten, einen Erdwall. Diese kleine Gemeinschaft schuf den ersten Stadländer Landdeich. Er begann in Iffens und führte an Abbehausen vorbei bis Golzwarden.

Wie es durch den Ellwürder Bauernbrief von 1493 belegt wird, waren Ellwürden und Abbehausen ein Mittelpunkt in Butjadingen. Das war zu der Zeit, als es hier noch keine Grafen gab, sondern nur die freien Bauern.

350 Jahre später wurde Ellwürden zum Amtssitz mit neu gebautem Amtsgericht. Dort gab es vereinzelt schon Wohlstand. Einige Familien bauten sich stattliche Höfe und Häuser, zum Beispiel Familie Martens. Es gab auch die Kehrseite. An der Grenze zu Abbehausen wurde aus Steuergeldern das Armenhaus finanziert (später Versorgungsheim und jetzt die Landwirtschaftsschule).

In Abbehausen gab es besondere Menschen. Der berühmteste Bürger war der Ministerpräsident aus der Bauernfamilie Tantzen in Abbehausen-Heering.

Theodor Tantzen

Theodor Tantzen wurde am 14. Juni 1877 auf dem Familienstammsitz geboren. Dieses alte friesische

Bauerngeschlecht lässt sich bis ins 14. Jahrhundert zurückverfolgen.

Theodor besuchte die Volksschule in Abbehausen, wechselte auf das Gymnasium in Oldenburg, wohnte im Hause von Karl Jaspers, was nicht ohne Einfluss blieb. 1897 begann seine politische Arbeit. Er war zwanzig Jahre alt. Seit 1898 bewirtschaftete er den Hof der Eltern. 1902 wurde er Mitglied im Abbehauser Gemeinderat, dann in der Kreisverwaltung. Neun Jahre später wurde er in den Vorstand einer Volkspartei gewählt und im Alter von 33 Jahren in den Oldenburger Landtag. 1919 gehörte er als Liberaler der verfassunggebenden Nationalversammlung an. In diesem Jahr wurde Theodor Tantzen zum Ministerpräsidenten des Landes Oldenburg gewählt. Er setzte sich für die Demokraten ein. 1923 holte man ihn in den Reichsvorstand seiner Partei (DDP) und 1928 in den Berliner Reichstag. Bis 1933 blieb er Ministerpräsident.

Schon früh erkannte er die Gefahr der Partei Hitlers, der NSDAP.1930 trat er aus der DDP aus. 1933 ergriff Adolf Hitler die Macht mit aller Radikalität. Theodor Tantzen wurde an jeglicher politischen Tätigkeit gehindert. Er lebte zurückgezogen auf seinem Hof in Heering. Die Nazis ließen ihm keine Ruhe. Die Gestapo fand immer wieder einen Grund, ihn einzusperren, 1939, 1944, 1945. Nach dem Attentat auf den Führer (1944) wurde es gefährlich. Fünf Monate saß Theodor Tantzen im Gefängnis. Ihm drohte die Hinrichtung in Berlin-Moabit. Aber man konnte ihm am Ende nichts anhängen. Nur wenig später, im Mai 1945, war der Spuk vorbei. Die Engländer setzten Theodor Tantzen wieder als Ministerpräsident ein. 1946 wurde aus der ehemaligen preußischen Provinz Hannover, dem Land Oldenburg, aus den Ländern

Braunschweig, Schaumburg-Lippe und einem Teil des Bremer Gebietes ein Land gebildet, das 1949 nach Erlangung der deutschen Souveränität zum Bundesland Niedersachsen wurde. Der liberale Theodor Tantzen trat damals schon ein für die Einigkeit in Europa, um den Frieden zu sichern. Er war unter Heinrich-Wilhelm Kopf noch stellvertretender Ministerpräsident – trotz seines hohen Alters. Damals wollte er nachdrücklich einen Küstenkanal bauen lassen.

Während der Arbeit am Schreibtisch erlag Theodor Tantzen am 11. Januar 1947 einem Gehirnschlag. Am 17. Januar wurde er auf eigenen Wunsch auf seinem Hof unter den hohen Bäumen zur letzten Ruhe gebettet. Er hinterließ fünf Söhne. Allseits und über Parteigrenzen hinweg wurde er geschätzt wegen seines klaren Wortes und seiner klaren Linie.

Ich kann mich gut daran erinnern, dass der alte Mann nach dem Krieg meine Mutter aufsuchte und fragte, ob sie Hilfe brauche. Er wusste sehr wohl, dass mein Vater in der NSDAP tätig gewesen war. Ich hatte ihm gegenüber ein schlechtes Gewissen, denn wir von der Hitlerjugend hatten uns bei unseren Schnitzeljagden oft und gerne im Wald und im Gebüsch auf seinem Hof versteckt.

Theodor Tantzen war zielbewusst. Er nahm sich selbst in die Pflicht. Von seiner Person machte er kein Aufheben. Er war stets einfach, schlicht gekleidet, er brauchte keine Äußerlichkeiten. Er liebte seine Heimat, war zeitlebens erdverbunden. Theodor Tantzen verkörperte die Eigenschaften eines echten Friesen.

Peter Harmjanz

F'ür mich war auch Peter Harmjanz eine herausragende Persönlichkeit. Er war immer im Einsatz. Bei Wind und Wetter fuhr er mit dem Fahrrad von Moorsee nach Abbehausen. Zuerst lernte ich ihn kennen als Organisten unserer Kirche. 1958 feierte er hier sein 25-jähriges Jubiläum. Außerdem war er der Leiter unseres Frauenchores, der sonntags in der Kirche auftrat, und des gemischten Chores in Abbehausen. In diesen Chören war ich mit Begeisterung dabei. Ich weiß nicht, wie viele Chöre der Bundes-Chormeister des Butjadinger Sängerbundes noch geleitet hat. Dem Orgelspiel und der Arbeit als Dirigent galt seine ganze Liebe. Für ihn war die menschliche Stimme das beste Instrument.

Eigentlich hatte er einen anderen Beruf. Er stammte aus Hiddigwardermoor, wo der Vater 50 Jahre als Lehrer in der einklassigen Volksschule tätig war. Da war es kein Wunder, dass Sohn Peter auch Lehrer wurde. Peters Frau stammte aus Oldenburg. Nur – warum hat es den Junglehrer ausgerechnet nach Moorsee verschlagen? Weil im Stellenangebot verheißungsvoll verkündet wurde, dass Moorsee eine Bahnstation habe. Also konnte man von hier aus schnell nach Oldenburg oder Bremen gelangen. Nun ja, als das Ehepaar 1919 zu Fuß von Nordenham nach Moorsee marschiert war, blieb die Enttäuschung nicht aus. Die „Bahnstation" war eine Bretterbude und die Bahn die Butjenter Bimmelbahn, die zwischen Nordenham und Eckwarderhörne hin- und herpendelte.

Ein schwerer Anfang. Auf den zwei Hektar Schulland betrieb das junge Paar Landwirtschaft. Drei Kühe grasten auf der Weide. Immerhin war diese Selbstversorgung in den schwierigen Jahren der Inflation sehr nützlich. Das Schulhaus sah romantisch aus, reetgedeckt, mit wildem Wein umrankt. Die Schule wurde umgebaut. Aus dem Kuhstall wurde ein gemütliches Wohnzimmer.

Es ist bekannt: Als Lehrer einer einklassigen Schule taugten nur die besten Pädagogen, die in der Lage waren, in einem Raum gleichzeitig verschiedene Jahrgänge zu fördern. Für die Kinder war es förderlich. Das habe ich selbst erlebt. Ich ging anfangs in eine zweiklassige Schule, saß also mit vier Jahrgängen in einem Raum. Die Jüngsten profitierten davon, dass sie sich am Pensum der Größeren beteiligen konnten. Der Lehrer war im Dorf eine beliebte und hoch geachtete Persönlichkeit.

Peter Harmjanz hat in Moorsee jede Familie gekannt. Als seine erste Schülergeneration zu Eltern wurde, saßen deren Kinder bei ihm in der Schulbank. Er war nicht nur der Lehrer, für viele Familien war er eine wichtige Vertrauensperson, bei der sie sich Rat holen konnten. Alle wussten, dass er den Kindern sehr zugetan war. In anderen Schulen wurde geprügelt, bei Peter Harmjanz nicht. Er war stolz, wenn „seine" Schulkinder bei der Aufnahmeprüfung fürs Gymnasium in Nordenham genauso gut abschnitten wie die Kinder größerer Schulen.

Im Jahre 1958 hatte Peter Harmjanz das Pensionsalter erreicht und zog mit seiner Frau in eine neue Wohnung in Abbehausen. Jetzt konnte er sich ganz der Musik und dem Gesang widmen, bis er den Taktstock für immer aus der Hand legen musste. Alle, die ihn gekannt haben, verbindet bleibende Erinnerung und Dankbarkeit.

(Fakten entnommen aus der „Kreiszeitung Wesermarsch", 1. 2. 1958)

122

St.-Laurentius-Kirche Abbehausen

W enn wir auf der Empore standen und, geleitet von Peter Harmjanz und begleitet von seinem Orgelspiel, unsere Kirchenlieder sangen, habe ich mich über den guten Klang gefreut, der das Kirchenschiff erfüllte. Für mich war es jedes Mal ein andächtiger Augenblick, wenn ich durch die Kirchentür ging und zur Empore hinaufstieg. Es hing wohl damit zusammen, dass meine Eltern in der Nazizeit nach der Taufe der Töchter aus der Kirche ausgetreten waren. Wenn es im Winter auf der Empore zu kalt war, tranken wir Sängerinnen vorher heißen Grog.

In Butjadingen gibt es viele Kirchen, auch viele sehenswerte. Eine davon ist die in Abbehausen. Wann wurde der erste Bau auf der hohen Wurt errichtet? Die Gemeinde wurde 1312 zum ersten Mal urkundlich erwähnt. Man baute aus Sandsteinquadern ein rechteckiges Langhaus mit einem schmalen, niedrigen Chor. In den Längswänden lagen sich Portale gegenüber. In der südlichen Mauer des Chores befand sich die Priesterpforte. Auf dem Dach thronte ein Dachreiter mit der Uhrglocke, gekrönt von einer Wetterfahne.

1695 hat es eine bemalte Balkendecke gegeben. Ein gemauerter Bogen und ein Portal trennten Kirchenschiff und Chor. Den Altaraufsatz stiftete 1635 die Witwe des Vogtes Meiners, zwei Jahre später auch die Bemalung. Das war in der Zeit, als in unserem Raum der Bildhauer und Holzschnitzmeister Ludwig Münstermann tätig war. Der Aufsatz zeigte zwischen den Haupt- und Nebensäulen das Abendmahl, die Bundeslade, Gefangennahme und Kreuzigung Jesu und Moses und Johannes. 1648, nach dem 30-jährigen Krieg, stiftete Garberich Umbßen die Kanzel, auf der die vier Evangelisten und der Apostel Paulus zu sehen waren.1652 soll die Empore mit 38 biblischen Bildern bemalt worden sein.

Die Menschen konnten mit der Schrift im Allgemeinen noch nichts anfangen, denn sie konnten weder lesen noch schreiben. Aber das Kircheninnere ließ sich von den Gläubigen betrachten wie ein vielsagender Bilderbogen. Leider waren die Fenster sehr klein, so konnte man von der Bilderpracht nur wenig erkennen. Man weiß, dass diese Finsternis allseits beklagt wurde. Wahrscheinlich hat der Lichtmangel dazu geführt, dass die Kirche im 19. Jahrhundert abgerissen und neu gebaut wurde. Sehr bedauerlich, dass man gründlich aufgeräumt hat. Das hölzerne, bemalte Inventar wurde als Brennholz verkauft. Einer soll aus den Brettern mit den Emporenbildern einen bunten Hühnerstall gebaut haben. Torhaus und Glockenturm machte man mit der Spitzhacke den Garaus.

Auf den Resten der Außenmauer wurde in etwa zwei Metern Höhe von 1858 bis 1862 aus den vorhanden Abbruchsteinen die heutige Kirche errichtet. Wo das Material nicht ausreichte, wurde es mit neuen Backsteinen ergänzt. Einige Mauern mussten völlig aus Backsteinen errichtet werden. Im Chor wurde ein Rosettenfenster eingefügt, das man später zugemauert hat wegen des neuen, wertvollen Altars.

Auch der quadratische Turm wurde mit Backsteinen vollendet, wobei man zur Spitze hin in eine achteckige Form überging. Dach und Turm wurden mit Schiefer gedeckt. Das Langhaus bekam nach Norden und Süden je drei große, bleiverglaste Fenster und auch im Chor fiel das Licht durch ein großes Fenster herein. Keine finstere Kirche mehr. In den Neubau setzte man eine schlichte

Kanzel. Zwei Kronleuchter wurden unter die Kassettendecke gehängt, beide mit Kerzen bestückt. Für die Beleuchtung sorgten später elektrische Hängelampen.

Die Abbehauser hatten großes Glück. Der Witwer Arp Schnitger, der berühmte Orgelbauer, heiratete 1713 in Abbehausen die Witwe des Küsters. Arp Schnitger baute in der Abbehauser Kirche von 1710 bis 1713 eine Orgel mit 24 Registern. Seitdem konnte man auch in Abbehausen eine der vielen, hauptsächlich in Norddeutschland gebauten Arp-Schnitger-Orgeln hören. Im Jahre 1911 wurde die Orgel bis auf den Prospekt vernichtet, aber man baute sie nach Arp Schnitgers Disposition wieder auf.

Auf den bedeutenden Orgelbauer Arp Schnitger gehe ich am Ende dieses Kapitels ein.

Das Altarbild von 1863, ein Werk des Oldenburgers August tom Diek, hängte man an die Nordwand. Eine Kostbarkeit ist der neue Altar aus dem Jahre 1951. Zwei Stufen, die mit einer alten Grabplatte aus Sandstein abgedeckt wurden, führen zum Altar hinauf. Auf beiden Seiten wachen hohe Standleuchter aus Schmiedeeisen. Auf dem Altar stehen als Symbol der Dreifaltigkeit drei 1662 gestiftete Messingleuchter, die zum Glück erhalten geblieben sind.

Konsul Felix Boie, Lübeck, stiftete den Altarschrein, der an den Abbehauser Bürger Theodor Tanzen erinnert. Seinem großen Einfluss ist es zu verdanken, dass dieses Kunstwerk jetzt in der Abbehauser Kirche zu bewundern ist. Es ist beachtenswert und im wahrsten Sinne des Wortes vielfältig. Der Schrein lässt sich mehrfach aufklappen. Der Bildhauer Heinrich Dose aus Lübeck hat nach den Vorlagen des Malers Erich Klan aus Celle gearbeitet. Im Juli 1951 wurde der sprechende Altar in Form eines plas-

125

tischen Bilderbuches in einem Festgottesdienst vom oldenburgischen Bischof Wilhelm Stählin übergeben. In stiller Andacht und Bewunderung verharrt man vor dem Wandelaltar, wenn er seine Schätze offenbart. Wie sagte Wilhelm Raabe? „Das Ewige ist still, laut die Vergänglichkeit. Schweigend geht Gottes Wille über den Erdenstreit."

Bischof Stählins Worte im Juli 1951: „Gott ist und bleibt der verborgene Gott und niemand kann ihn sehen von Angesicht zu Angesicht.

Aber der am Kreuz geopferte Christus ist das der Welt zugewandte Angesicht Gottes, das ‚Gesicht', mit dem Gott uns ansieht und in dem wir ihn ansehen und erkennen dürfen."

Kunstvoll wird in den Altarbildern biblisches Geschehen geschildert. Ich will es nicht mit trockenen Worten beschreiben. Man muss den Anblick erleben, sich auf die Bilder einlassen, auf die eindringliche Sprache der Kunstwerke. Ein Besuch in der Abbehauser Kirche lohnt sich. Nach Anmeldung kann man sie besichtigen.

Im Turm hängen drei Glocken. Die größte mit dem Namen Maria aus dem 17. Jahrhundert hat eine aufsehenerregende Entstehungsgeschichte, die man beim Besuch der Kirche erfahren kann. Der Taufstein wurde 1628 von Pastor Christopher Reinhard gesetzt. Ludwig Münstermann hat hier einen schon vorhandenen, romanischen Stein verwendet. 1951 stiftete Theodor Martens dazu das mit einem Deckel verschließbare Messingbecken. Der Putto über dem Taufstein ist eine Leihgabe von Pastor Kurt-Dieter Wilke, der zu meiner Zeit in Abbehausen tätig war (gestorben 1978). Erwähnenswert sind die vier Fenster im Jugendstil, die dem Kircheninneren ein besonderes Licht geben. Sie stammen vom Bremer Glasmaler Georg Karl Rohde. Zum Glück haben sie die unruhigen Zeiten der beiden Weltkriege überlebt.

Es gab weitere unruhige Zeiten. 1774 hielt Pastor Langreuter fest, in der Kirche gebe es viel Platz, da die Zahl der Dorfbewohner sich in den letzten hundert Jahren um 400 Personen verringert habe. Wir wissen von der verheerenden Weihnachtsflut 1717, die auch in Abbehausen große Schäden angerichtet hat. Hier ertranken damals 442 Menschen. Von Pastor Langreuter erfahren wir auch, dass eine der damals noch erhaltenen Grabplatten angefertigt worden war für Menardus Harkelse, den letzten Prior im Johanniterkloster Inte. Inte gehörte zu Abbehausen. Gestorben ist der letzte Prior 1557. Damals setzten die Johanniter sich ein für den Deichbau und die Landgewinnung.

Einige alte Grabplatten blieben erhalten, ihre Aufschriften sind noch lesbar. Nur die des Priors ist im 19. Jahrhundert verschwunden. Nach dem Ersten Weltkrieg wurde an der nördlichen Außenmauer eine Gedenktafel für die Gefallenen angebracht. Und es gibt ein Mahnmal für die Opfer des Zweiten Weltkrieges.

Unsere Abbehauser Kirche liefert uns eine kulturelle und geschichtliche Zeittafel. Ich gehe gerne über den Friedhof. Von den Grabsteinen grüßen mich die Namen der Verstorbenen, die ich noch gekannt habe, stumme Zeugen unserer Zeit.

(Viele Informationen über die Abbehauser Kirche sind einer Schrift von Wolfgang Runge aus dem Jahre 1981 entnommen, Verlag Isensee, Oldenburg.)

Der Begriff „Jahnup" war bei uns ein Spottname. Aber was bedeutete er? Die Erklärung findet man im Marschenbuch „Zwischen Weser und Jade" des Nordenhamer Heimatforschers Eduard Krüger, der uns Alten in lebhafter Erinnerung geblieben ist. (Erschienen 1949 bei Edo Diekmann, Oldenburg)

Ich las und übertrage hier: Erasmus Reinholdi starb im Jahre 1663 und wurde in der Abbehauser Kirche vor dem Altar begraben. Er blieb lange im Gedenken der Gemeinde als Spender eines seltsamen Kirchenschmuckes, des „Abbhuser Jahnup", eines großen aus Holz geschnitzten Kopfes mit aufgesperrtem Munde. Nach einem in den „Oldenburger Blättern" abgedruckten Schreiben des Abbehauser Predigers Closter vom Jahre 1735 hat dieser Jahnup auf der Kirchenmauer unter der Turmuhr gestanden und in Verbindung mit dem mechanischen Uhrwerk bei jedem Glockenschlag den Mund weit aufgetan wie ein Gähnender. Beim Schließen des Mundes soll er mit den Zähnen geklappert haben. Er sollte nicht zum Schlafen auffordern, sondern mahnen, daran zu denken, dass wir alle sterben müssen.

Die Glocke im Dachreiter wurde 1674 gegossen. Sie muss in der Zeit von Pastor Reinholdi schon eine Vorgängerin gehabt haben.

Die Abbehauser schienen den mahnenden Holzkopf von Anfang an nicht ernst genommen zu haben. Sonst hätten sie ihm nicht den Namen „Jahnup" verpasst (von dem plattdeutschen Wort „Hojahnen" = gähnen).

Zur Zeit von Pastor Reinholdi waren mechanische Spielwerke beliebt und vielerorts zu finden wie jetzt noch in entsprechenden Museen. Der Pastor muss Gefallen an dieser Spielerei gefunden haben, denn billig war diese Holzschnitzerei wohl nicht.

Irgendwann hat im „Jahnup" der Mechanismus den Geist aufgegeben. Er hatte lange genug gegähnt und zog sich zurück auf den Dachboden der Kirche.

(Informationen über dieses Kuriosum habe ich verschiedenen Schriften entnommen. Des Rätsels letzte Lösung habe ich nicht gefunden, zum Beispiel seinen derzeitigen Aufenthaltsort.)

Das historische Kaufhaus

In Abbehausen gibt es auch heute noch ein Kuriosum: Das historische Kaufhaus. Allerdings scheint mir der Zahn der Zeit sehr daran zu nagen, wie ich im Jahre 2015 feststellen konnte. Nun ja, wer sollte die hohen Investitionskosten auch aufbringen?

Als ich Kind war, konnte man hier bei Freeses wirklich alles kaufen, ob man eine Sense brauchte, eine Axt, eine Brotmaschine, die großen braunen Töpfe zum Einlegen von Schnippelbohnen und Sauerkraut, die kleineren zum Einlegen von Eiern in einer Lake. Oder man suchte eine Leiter, Melkschemel, Torfkörbe, Kartoffelkiepen, Nägel, Krampen und jegliches Werkzeug, Zwirn, Nähnadeln und Knöpfe, Tischdecken zum Aussticken, Oblaten fürs Poesie-Album, Feuerkieken, die Stövchen für kalte Füße, oder die gute alte Kaffeemühle…

Ich ging gerne in diesen Laden, obwohl es darin ziemlich düster war. Es roch darin so undefinierbar. Und die Unmenge an Waren, die bis hoch an den Wänden in Regalen und Schubladen verstaut war, herumhing und herumstand, bot den Anblick einer interessanten Welt.

Auf dem Tresen stand eine große, silberfarbene, reich verzierte Kasse, an der man seitlich drehte und die beim Öffnen der Kassenlade klingelte. In dem Warenuniversum kam ich mir vor wie eine kleine Kirchenmaus. Ach ja, Mausefallen gab es auch.

Nein, ein Haus für Kinder war es eigentlich nicht, zumal der Inhaber, Elimar Freese, etwas Gestriges, Unnahbares hatte. Konnte der überhaupt lachen? Jedenfalls war er der Herrscher in seinem Reich. Elimar Freese lebt nicht mehr, aber das Kaufhaus gibt es noch. Man kann eine Chronik erwerben, in der man auch viel über das Leben im früheren Abbehausen erfährt. Zum Beispiel: Wer hatte im Dorf das erste Fahrrad? Noch heute kann ich in diesem Laden wie damals in der Kindheit vieles entdecken. Hier ist die Zeit stehen geblieben.

Das Haus wird jetzt von den Nachfolgern der Familie weitergeführt. Es ist immer noch eine Fundgrube, weil man hier nach dem Grundsatz verfuhr, den schon mein Großvater immer wieder prägte: „Kanns allns noch mal bruuken!" Nichts wurde weggeworfen, auch nicht die alte ATA-Dose. Alles wurde bis unters Dach irgendwo verstaut. Das große Lager liefert den Heutigen anschaulich eine Warenkunde vergangener Zeiten.

Besonders ansprechend finde ich heutzutage das Angebot im Erdgeschoss, denn hier bekommt man Artikel, die man anderswo vergeblich sucht. Ratsam ist, Geld einzustecken, denn irgendetwas findet man bestimmt!

Im Anschluss an das Kapitel Abbehausen, das letzte über unser Butjadingen, stelle ich jetzt die beiden großen Künstler Arp Schnitger und Ludwig Münstermann vor und erzähle, was ich im Laufe der Jahre gefunden habe.

Arp Schnitger

Unter den Geigenbauern waren es Stradivari und -Guarneri, die wertvollste und klangvollste Instrumente schufen. Unter den Orgelbauern waren es Schnitger und Silbermann.

Arp-Schnitger-Orgeln, die uns mit großer Klangfülle erfreuen, wurden auch von Johann Sebastian Bach und Georg Friedrich Händel gelobt. Arp Schnitgers Ökonomie und Konstruktionslogik sind unerreicht.

Die Technik des Barock mit vielen Pfeifenreihen auf engem Raum, mit der direkten Übertragung des Tastendrucks auf die Pfeifen, dieses harmonische Ganze der Klangfarben ist allen Orgel-Nachkommen überlegen.

Leider sind von den 169 gebauten Instrumenten des Arp Schnitger nur 34 übriggeblieben und wurden originalgetreu restauriert. Die meisten Instrumente finden wir in Norddeutschland, einige wanderten bis Spanien, Portugal, Russland, Brasilien, in die Niederlande und nach Skandinavien. Die bedeutendste Arp-Schnitger-Orgel mit 67 Stimmen erklingt in Hamburg. In St. Cosmae in Stade gibt es ein Meisterwerk mit 43 Stimmen. 1679 baute Schnitger seine Orgel in der St.-Johanniskirche in Hamburg, die sich seit 1816 in Cappel befindet. 1694 entstand ein Instrument in St. Johannis in Magdeburg, 1698 ein weiteres in St. Petri in Bremen und 1708 in St. Nicolai in Berlin.

Arp Schnitger, Sohn eines Tischlers, wurde 1648 am 2. Juli in Schmalenfleth geboren in der armseligen Zeit nach dem 30-jährigen Krieg. Vier Jahre arbeitete er in der Werkstatt seines Vaters. Dann zog er nach Glückstadt, wo er bei seinem Onkel Bernhard Huß mit der Lehre zum Orgelbauer begann und nach der Lehrzeit blieb. 1676 starb der Onkel und Arp führte den Betrieb in Stade weiter. 1782 gründete er in Hamburg eine eigene Werkstatt. Er war Mitte dreißig, da hielt er um die Hand der Tochter eines reichen Hamburger Kaufmannes an. Sechs Kinder wurden geboren.

Seiner Heimat ist er treu geblieben. In manchem Dorf Butjadingens finden wir eine seiner Orgeln. Nach dem Tod seiner ersten Frau heiratete er in Abbehausen ein zweites Mal. Davon habe ich schon erzählt.

Der Ruhm des Meisters ist nicht verklungen, immer noch lauschen wir dem Klang seiner Orgeln, die zu spielen den Organisten eine Freude ist. Ich kann die vielen Kirchen nicht aufsuchen, um dem Klang einer Arp-Schnitger-Orgel zu lauschen. Deshalb habe ich mir Tonträger angeschafft mit den Aufzeichnungen vom Spiel des Organisten Duvensee, damit ich zu Hause in aller Ruhe und Muße lauschen kann.

Ich weiß nicht, wie weit das „Arp-Schnitger-Zentrum" mit dem Plan vorangekommen ist, eine Orgelstraße auszuweisen, die von Nordschweden bis Südportugal reichen soll. (Nähere Informationen siehe im Internet: Arp Schnitger-Centrum/www.braketouristinfo.de>unterweser)

Ludwig Münstermann

(geboren um 1560/1575; gestorben 1638/1639)

In der Wesermarsch stehen auf vielen alten Wurten Dorfkirchen, zum Teil aus dem Mittelalter, umgeben von Friedhöfen mit den alten, sprechenden Grabsteinen. In so mancher Kirche können wir Arbeiten des Bildhauers und Holzschnitzmeisters Ludwig Münstermann heute noch bewundern. Zum großen Teil ist auch ihre Farbenpracht erhalten geblieben.

Der Reichtum an fein ausgearbeiteten Details lässt uns staunen. Die Bezeichnung „Bildhauer" passt so gar nicht zu den filigranen Werken.

Ich habe nicht herausgefunden, ob Ludwig Münstermann in Hamburg oder Bremen geboren wurde. Und wann? Irgendwann um die Mitte des 16. Jahrhunderts. 1599 tauchte er dann in der Hamburger Drechslerzunft als eingetragener Meister auf.

Seit wann lernte er in der Werkstatt des bremischen Bildhauers Hans Winter? Hier arbeitete er um 1590 an Epitaphien in der Ansgari-Kirche. Damals waren Tönnies und Münstermann in Bremen als Tischler tätig. Ludwig kam hier in Berührung mit dem manieristischen Stil von Cornelius Flores. Von dem gab es Stichvorlagen. Von 1607 bis 1612 wirkte Ludwig Münstermann im Oldenburger Schloss.

Im Manierismus – zwischen Renaissance und Barock – konnte er seiner Fantasie freien Lauf lassen beim Gestalten von Figuren und Ornamenten. Charakteristisch für ihn sind seine zierlich ausgeformten Menschengestalten mit ausdrucksvollen Gesichtern und überlangen Gliedmaßen.

Für unsere Gegend war es ein großer Segen, dass wir während des 30-jährigen Krieges zur Grafschaft Oldenburg gehörten, denn Graf Anton Günther verstand es, durch geschickte Diplomatie in seinem Land mitten im Kriegsgetobe den Frieden zu bewahren.

Übrigens stammte der Gesandte und Sekretarius Graf Anton Günthers aus Butjadingen. Bei dem „Mylius aus Gnadenfeld", wie er sich nannte, handelte es sich um Hermann Müller aus Rodenkirchen. Von dieser Familie ist ein Brief aus dem Jahre 1813 erhalten geblieben, geschrieben von Anna Katharina Müller. Ihr Vater, Hinrich Müller, war ein Ururgroßvater von Karl Jaspers, der eng mit Butjadingen verbunden war, denn seine Mutter stammte aus Abbehausen.

Und wenn wir schon dabei sind: Mir ist noch eine Berühmtheit aus Butjadingen bekannt: Dr. Sibrandus Lubbertus, Professor der Theologie. Er stammte aus Langwarden. Herausgeschält aus der damals modernen Latinisierung lautet sein Name Sibrand Lübbesen. Er ging in die Niederlande und wurde eine der wichtigsten Kräfte im Kampf für den Protestantismus Luthers.

Handel und Wandel blühten. Die Bauern in der Wesermarsch konnten es sich leisten, ihre Kirchen mit den Kunstwerken Ludwig Münstermanns auszustatten. Im Oldenburgischen hat er in den Kirchen viele Altäre, Kanzeln und Orgelprospekte gestaltet. Seinen größten erhaltenen Altar finden wir in Varel in der Schlosskirche. Der Orgelprospekt aus der ehemaligen Schlosskapelle in Rotenburg/Wümme (1608) und eine Herkulesstatue befinden sich in Bremen im Focke-Museum.

Gehen wir in Butjadingen auf Spurensuche: In der St.-Lamberti-Kirche in Eckwarden finden wir einen Taufstein von 1616, einen Altar von 1626 und ein Epitaph (zum Gedächtnis an einen Verstorbenen) für den Vogt Meent Siassen mit einem reich gestalteten Lebensbilderbogen, dazu weitere Arbeiten.

In Tossens fällt uns in der St.-Bartholomäus-Kirche am Münstermann-Altar Moses mit den Gesetzestafeln auf, weil ihm zwei Hörner aus dem Haupt wachsen. (Das hängt mit einem Übersetzungsfehler des Bibeltextes zusammen:.) Hinzu kommen auch hier weitere Arbeiten des Künstlers. Aus Hebräisch *qaran* wurde übersetzt: *cornuta* [gehörnt], statt richtig *coronata* [strahlend]; s. Exodus 34, 29) Auch in der Laurentius-Kirche in Langwarden entdecken wir Spuren Münstermanns. Die haben mich besonders angesprochen. Und in der St.-Hippolyt-Kirche in Blexen gibt es einen Münstermann-Altar aus dem Jahre 1619, an dem leider Veränderungen vorgenommen wurden. Erhalten geblieben sind die sieben Figuren aus der Hand des Meisters. Sein Sohn Johann hat 1638 die Kanzel gestaltet.

In Abbehausen in der St-Laurentius-Kirche ist der Taufstein sehenswert, signiert vom Künstler, allerdings zeitweise zum Blumenkübel degradiert. Im Oldenburgischen hat er in den Kirchen noch viele Altäre, Kanzeln und Orgelprospekte gestaltet.

Mich hat die Kunst Ludwig Münstermanns am meisten in der St-Matthäus-Kirche in Rodenkirchen beeindruckt, neben den Schnitzereien am Aufgang zur Kanzel besonders der Altar von 1629, so groß und lichtdurchflutet, mit all den lebensnahen Figuren. Beim Umrunden des Altars entdeckt man immer noch Neues. Mir gefällt außerordentlich hoch oben die Gestalt des Heilands als Erlöser mit den ausgebreiteten, segnenden Händen und nicht, wie oft üblich, traurig am Kreuz hängend. Als ich meiner Enkelin davon erzählt habe, hat sie mir aus Holz einen kleinen segnenden Christus geschnitzt, der immer bei mir bleibt.

Der außergewöhnliche Altar mit der besonderen Krönung vermittelt Frieden und Freude. Freude, nichts als Freude. Wer Rodenkirchen besucht, sollte unbedingt mit viel Zeit und Muße in die Kirche gehen. Es ist eine Bereicherung.

In der St.-Secundus-Kirche in Schwei (erbaut 1615 – 1617) sind drei Werke Ludwig Münstermanns erhalten geblieben, die Kanzel, getragen von Moses, der Deckel des Taufsteins, der von der Taufe des Johannes erzählt, und Teile des Altars.

In der St.-Bartholomäus-Kirche in Golzwarden finden wir Spuren der beiden großen Meister Münstermann und Schnitger. (Schnitger kam von hier.) Wer weiter auf Spurensuche geht, findet sicher noch weitere Arbeiten Münstermanns.

Wann ist Ludwig Münstermann gestorben? Die letzte Arbeit von ihm, die ich entdeckt habe, stammt aus dem Jahre 1638. Da muss er schon alt gewesen sein. Über sein Leben ist wenig bekannt. Da ich einen Hinweis auf den Sohn Johann gefunden habe, muss Ludwig Münstermann wohl verheiratet gewesen sein und eine Familie gehabt haben.

Die Werke Ludwig Münstermanns gehören wie die Orgeln des Arp Schnitger zu den wertvollsten Kunstschätzen unserer Heimat.

(Die meisten Informationen habe ich entnommen aus der Schrift „Auf den Spuren Ludwig Münstermanns", herausgegeben von der „Touristikgemeinschaft Wesermarsch").

Butjenter Deern

Noch heute nutze ich jede Gelegenheit, mein Hei-matland Butjadingen zu besuchen. Erinnerungen werden wach, besonders in Abbehausen. War hier nicht das Geschäft vom Schlachter Schnabel? Es soll abge-brannt sein. Wohnte dort nicht der alte Orgeldreiher, der noch durch die Straßen zog? D. Renken gibt es noch, ge-führt vom Sohn Dieter, mit dem ich zur Schule ging. Nein, bei meinem letzten Besuch 2017 gab es das Ge-schäft nicht mehr. Und neben Kreienkamps (neben der Schule) wohnte ein alter Junggeselle, der sagte: „Meine Mutter ist keine Frau, sie ist ein Fräulein." Er selbst war dem Paragrafen 175 unterworfen. Gut, dass Hitlers Schergen das nicht zu Ohren gekommen ist! Etwas wei-ter der Dorfdoktor Heesch, der uns in der schlimmen Zeit von Karbunkeln und Furunkeln befreit hat. Eine kleine Narbe erinnert daran. Dann das alte Haus unter den Rie-senbäumen mit den Stufen zur hohen Eingangstür. Hier betrieben die alten Geschwister Lampe einen Laden. Meine Schwester und ich durften im Garten die Beeren-sträucher leerpflücken. Und im Dorfzentrum, in dem An-bau vom „Hotel zur Post", der Wirtschaft Overaths ge-genüber, wurden nach dem Krieg Pott und Pannen aus Aluminium verkauft, hergestellt aus den Werftbeständen von „Weserflug". Daraus sind keine Flugzeuge mehr ge-worden. Aber: „Kanns allns noch mol bruken." Bäcker Jantzen gibt es noch, wo wir als Kinder die langen Kan-ten geschenkt bekamen, die vom Butterkuchen als unver-

137

käuflich abgeschnitten wurden. Heute muss man die Kanten mitbezahlen.

Mir fällt ein besonderes Erlebnis ein zum Thema „Vaterkind".

Die Erziehung lag bei uns in den Händen der Mutter. Diese Hände haben wir oft zu spüren bekommen. Als Vater ihr verboten hat, uns mit der Hand ins Gesicht zu schlagen, hat sie das „Schödeldook" genommen, das hinterließ nur Striemen. Mutter war sehr streng. Im kleinen Wohnzimmer hing ein Spruch an der Wand: „Der Führer hat immer recht", den ich umdeutete: „Die Mutter hat immer recht."

Wieder einmal gab es Tomatensuppe. Nee, dor kunns mi mit jagen! Mein Magen wehrte sich. Alles, nur keine Tomatensuppe (und keinen Schokoladenpudding)! Strafende Blicke, aber die Suppe wurde nicht weniger. Abends bekam ich die aufgewärmte Suppe wieder vorgesetzt. Wieder blieb sie stehen. Am nächsten Morgen dasselbe Spiel. Ich musste hungrig in die Schule gehen. Aber in der großen Pause erlöste mich mein Vater. Er hatte Pausenaufsicht, rief mich her, drückte mir Geld in die Hand: „Hier, lauf zum Bäcker Jantzen! Hol dir was!" So schnell war ich noch nie gerannt. Eine große Tüte mit Brötchen, Hedwig und süßen Semmeln klemmte ich mir unter den Arm. Schon während des Laufens verschlang ich, was nur ging. Ich hatte wirklich Hunger. Dann setzte ich mich mit Seitenstichen auf meinen Platz und verstaute meinen Schatz unter der Bank. Auf dem Heimweg verputzte ich genüsslich den Rest, blies die leere Tüte auf und ließ sie mit lautem Triumphknall platzen.

Zuhause stand auf meinem Platz die vermaledeite Tomatensuppe, die inzwischen ihre Farbe ins Gräuliche verändert hatte. Störte mich nicht. Ich war ja satt. Da nahm

Vater den Teller, schnupperte daran, stellte fest: „Igitt, die ist ja sauer!", und schob den Teller aufs Leckbrett. Mutter musste sich wortlos geschlagen geben. Sie machte ein Gesicht wie der alte Fritz nach verlorener Schlacht.

Die Schule! In Abbehausen musste ich meinen geliebten Lehrer, meinen Vater, wechseln gegen Fräulein Amanda Eilers, später verheiratet mit dem Friseur Anton Schipper. Amanda, eine, die man lieben muss, lernte ich später im Lateinunterricht. Nein, diese Amanda konnte man nicht lieben. Täglich versuchte sie, einem stotternden Bauernsohn aus Enjebuhr mit Schlägen das normale Sprechen beizubringen. Hat nichts genützt. Wir fanden das ungerecht. Hier war's aus mit der Gemütlichkeit, mit der Freude am Lernen. Ehe wir morgens in die Klasse gehen durften, mussten wir auf dem Schulhof antreten. Kam Fräulein Eilers in den Klassenraum, hatten wir ohne Kommando strammzustehen und mit erhobenem Arm „Heil Hitler!" zu rufen. Bei Vater mussten wir das nicht. Er war doch auch in der Partei, aber er nahm alles viel lockerer. Beim Appell zum Gruß zitterten mir die Knie.

Es gibt auch eine schöne Erinnerung: Oben im Schulgebäude wohnte der Hausmeister mit seiner Frau. Mit der war Mutter befreundet. Meine Schwester und ich gingen mit zum Kaffeeklatsch, saßen aber nicht mit am Tisch, sondern durften im Keller in einem Raum mit warmen Heizungsrohren in einer Badewanne nach Herzenslust plantschen. Nebenbei wurden wir sauber.

Dann brach der Krieg aus. Vater wurde Soldat. Die alten Ordnungen ließen sich nicht aufrechterhalten. Fliegerangriffe. Ich bekam einen Rucksack auf den Rücken und sollte mit der Bahn zu meinem Onkel in Bohlenbergerfeld fahren. Der hatte einen kleinen Dorfladen. Es gab Lebensmittelmarken, aber was uns da zugeteilt wurde, reichte nicht. Ich sollte mit einem Rucksack voll Essbarem wieder heimkommen. Irgendwie gelang es mit Unterbrechungen, mit dem Zug nach Zetel zu fahren. In Brake war der Zug stehengeblieben. Fliegeralarm. Die Reisenden konnten in einem schäbigen Hotel übernachten. Aber ich hatte kein Geld. Ein paar Frauen nahmen sich meiner an. In der Spelunke versammelten wir uns alle in einem Zimmer, verbarrikadierten die Tür mit Schrank und Kommode und froren bis zum Morgen.

Weiter mit dem Zug bis Zetel, zu Fuß nach Bohlenbergerfeld. Tante Frieda und Onkel Georg waren sehr freundlich, bewirteten mich reichlich und gaben mir belegte Brote als Proviant mit. Aber der Rucksack blieb leer. Was es zwischen Mutter und ihrem Bruder gab, weiß ich nicht.

Die Rückfahrt verlief wieder problematisch. In Brake blieb der Zug endgültig stehen. Alarm! Weiterfahrt wieder irgendwann am nächsten Tag, wenn die Luft rein war. Es war schon spät und der Wartesaal geschlossen. Ich hätte auch kein Geld für das rotgefärbte „Heißgetränk" gehabt. Die Bahnhofshalle war ziemlich leer, bis auf eine torkelnde Frauensperson.

Im hintersten Winkel stand ein Mädchen, das schien auch zu warten. Wir sahen uns an, gingen aufeinander zu. „Ich heiße Grete!" – „Ich heiße Sonja!" Grete war etwas älter als ich. Sie wollte nach Hoffe. Wir warteten also auf denselben Zug. Draußen regnete es in Strömen, in der Halle gab es keine Sitzgelegenheit und es stank wie im Pissoir. Die Pfützen wurden immer größer, die Straßenbeleuchtung funzelte kriegsmäßig. Wo sollten wir hin? Wenn es nur keinen Alarm gab. Unschlüssig standen wir im Eingang, da hielten zwei vergnügte Mariner auf uns zu, ein kleiner, hübscher und ein großer, starker. „Wo wollt ihr denn hin?", riefen sie. Wir zuckten stumm mit den Schultern. „Kommt mit aufs Schiff! Ihr seht schon ganz verhungert und verfroren aus." Wir überlegten nicht lange, wenn uns auch mulmig zumute war. Die Männer nahmen uns kurzentschlossen auf die Arme und trugen uns über die Pfützen. Der Kleinere hatte sich Grete geschnappt. Er war Funker auf einem Vorpostenboot, das im Hafen lag. Der Große war der Koch. Der versprach uns ein leckeres Abendbrot. Das war wirklich verlockend. Wir beiden Mädchen hatten ausgemacht, keinen Alkohol zu trinken und uns nicht trennen zu lassen. Dann konnte uns eigentlich nichts geschehen.

An Bord johlte die Mannschaft und riss blöde Witze. Man tischte auf, wirklich reichlich und lecker. Dann sollte Grete mit in die Kabine des Funkers. Sie nahm meine Hand. Ich ging mit, wenn es auch sehr eng wurde. Mein Karl kam mit einer Buddel Schnaps. Na klar! Sie wollten uns gefügig machen. Grete nahm ihm die Flasche resolut aus der Hand und verstaute sie in meinem Rucksack. „Die kann ich gut gebrauchen. Meine Eltern haben Silberhochzeit.".

Als die ziemlich betrunkenen Männer immer zudringlicher wurden, Schnaps schien an Bord reichlich vorhanden zu sein, nahte unsere Rettung. Der Kapitän kam vom Landgang zurück und entdeckte uns. Er kannte seine Pappenheimer, schnauzte sie an und nahm uns mit.

Zur Überbrückung der Zeit tischte er noch einmal auf. Dann brachte er uns persönlich zum Bahnhof, gerade rechtzeitig zum ersten Frühzug.

Meine Mutter war ärgerlich wegen des leeren Rucksacks. Wenn sie gewusst hätte, was ich mit meinen 14 Jahren erlebt hatte! Und wie voll mein Bauch war. So gut wie in den letzten Stunden war ich lange nicht mehr verwöhnt worden.

Von Kriegserlebnissen ist inzwischen viel berichtet worden nach den Jahrzehnten des Schweigens, eines unverarbeiteten Traumas. Aber das ist eine andere Geschichte...

Die Nachkriegszeit bescherte uns keine Bombenangriffe mehr, aber es waren trotzdem schlimme Jahre. Ich beschloss, mich wie meine Cousine Paula zum Arbeitseinsatz im Ausland zu verpflichten. Wir hatten die Wahl zwischen England und Schweden. Paula ging nach England, ich entschied mich für Schweden, schon, um eine weitere Sprache zu erlernen. In der Wartezeit nahm ich an einem Seminar der „Moralischen Aufrüstung" in Huchting teil, zu dem meine Freundin Gerda mich überredet hatte. Die Gebühr übernahm unser Abbehauser Pastor.

Das Seminar wurde von einer Gräfin Bentinck geleitet. Eine illustre Gesellschaft hatte sich da versammelt. Darunter war einer im hellblauen Hemd, der mein Ehemann werden sollte. Ich verließ Butjadingen für gut drei Jahrzehnte. Wir landeten schließlich in der Pfalz, gründeten eine Familie und bauten ein Haus für unsere fünf Kinder. Wohnungen für kinderreiche Familien gab es nicht.

Auch das ist längst Vergangenheit. Als die Kinder flügge waren und mein Mann seinen eigenen Weg ging, verkaufte ich das Haus, teilte das Geld mit den Kindern und überlegte, wo ich den Rest meines Lebens verbringen möchte. Eigentlich wollte ich nach Butjadingen, aber da gab es ein Atomkraftwerk. Also entschied ich mich für Cuxhaven.

Seit es den Wesertunnel gibt, ist Butjadingen mir wieder sehr nahe. Ich bin angekommen und freue mich, wenn ich abends bei den Wettervorhersagen auf der Landkarte die Halbinsel in Form eines urigen Tieres sehe, mein Butjadingen.

Sagen und Übersinnliches

W ie schon angedeutet, will ich zum Schluss festhalten, was ich noch an Sagen und Unerklärlichem gefunden habe.

Seit Jahrhunderten wurden die Sagen mündlich, am Ende schriftlich überliefert, wobei sie je nach Fantasie der Erzählenden ihr Gesicht wandelten. Unsere Sagen verbinden auf ihre Art die unsichtbaren Fäden der Vergangenheit mit der Gegenwart.

Im 19. Jahrhundert begann man, die Sagen zu sammeln und aufzuschreiben, ebenso die Märchen. Die Brüder Grimm schrieben: „Die Sagen haften an etwas Bekanntem und Bewusstem, an einem Ort oder an einem durch die Geschichte gesicherten Namen." Durch die Sagen können wir Zwiesprache halten mit der Vergangenheit. Die See spielt eine bedeutende Rolle. Dämonisch sind all die Hexensagen, geprägt vom Aberglauben und der Spökenkiekerei. Letztlich geht es um das tiefe Nachdenken über Gott und die Welt, den Sinn des Lebens und über den Tod.

Man sagte, das Spökenkieken, das „zweite Gesicht", sei nur wenigen Menschen gegeben, besonders den Sonntagskindern. Wer auf der Glückshaut geboren worden sei, der könne in die Zukunft schauen und den Tod vorhersagen. Den Spökenkiekern wurde ihr Wirken oft genug zur Qual.

In vielen Geschichten liegt über allem der milde Schein unseres speziellen norddeutschen Humors, der uns hilft, das Leben leichter zu ertragen. Zum echten Humor taugen allerdings nur diejenigen, die schon einige Lebensprüfungen hinter sich haben.

In Rodenkirchen gab es einen Tischlerlehrling, der von sich behauptete: „Ich weiß jedes Mal schon vorher, dass wir einen Sarg anfertigen müssen. Nachts höre ich, wie mein Meister die Treppe hinaufgeht. Ich schlafe unter dieser Treppe. Oben werden die Dielen durcheinandergeworfen, sie rutschen die Treppe hinab und in der Werkstatt wird gesägt und gehobelt." Man fragte ihn: „Wenn du solche Angst hast, warum stehst du nicht auf und schaust nach?" – „Das hab' ich einmal getan. Nein, nie wieder! Zuerst hörte ich den Lärm und die polternden Dielen, dann kam der Meister herunter und in der Werkstatt rumorte es. Ich stand auf, wenn mir auch der kalte Schweiß ausbrach und mir die Haare zu Berge standen. Ich wollte in die Werkstatt gehen, sollte mir auch der Teufel persönlich begegnen. Ich fasste mir ein Herz, riss die Tür auf und rief: ‚Donner und Doria! Was ist hier los?' Aber in der Werkstatt war es finster und still. Ich kroch wieder ins Bett. Das Lärmen wiederholte sich, bis um Mitternacht die Kirchturmuhr schlug. Dann starb einer und wir bauten den Sarg."

In Rodenkirchen gab es einen alten Totengräber, der konnte einen Leichenzug vorhersehen und auch vorhersagen, aus welcher Richtung er kommen würde. Der Prediger traute ihm nicht und bat, beim nächsten Vorspuk

Dabeisein zu dürfen. Kurz darauf rief der Totengräber den Geistlichen zu sich und bat ihn, sich hinter ihn zu stellen und ihm über die linke Schulter in Richtung Mittenfelde zu schauen. Tatsächlich erblickte der Prediger einen Leichenwagen, bespannt mit vier Pferden. Viele Wagen folgten. Vor Rodenkirchen hielt der Leichenwagen an. Der Prediger wusste, dass in Mittenfelde die wenigen Bewohner gesund waren. Kurz darauf erfuhr man, dass in Mittenfelde ein Landmann gestorben war.

Strandungsfälle und Schiffbrüche erschienen oft schon im „Vorspuk".
Dann erblickte ein Seher über der Stelle, an der später das Unglück geschah, hoch in den Lüften ein Schiff unter vollen Segeln, umgeben von einem hellen Schein.

Auch der Schatz vom Hohen Weg hängt mit der Seefahrt zusammen.
Vor langer Zeit warf ein Schiff bei der Sandbank am Hohen Weg den Anker. Als man ihn wieder lichten wollte, saß er fest. Der Kapitän rief einen aus der Mannschaft, der sollte hinabtauchen und nach der Ursache forschen. Nach einer Weile tauchte der Mann wieder auf und berichtete dem Kapitän, der Anker habe sich auf dem Grund an der Tür einer Kirche festgehakt. Die Kirche sei voll von silbernem und goldenem Gerät. Er habe den Anker nicht lösen können, weil ein schwarzer Hund die Tür bewache. Der Kapitän redete so lange auf den Mann ein, bis der bereit war, noch einmal hinabzutauchen. Er sollte möglichst viel von dem kostbaren Kirchenschatz bergen. Da tauchte er noch einmal hinab, aber nicht wieder auf. Eine große Blutlache breitete sich auf der Oberfläche des Wassers aus und alle wussten, was mit dem

145

Kameraden geschehen war. Sie kappten die Ankerkette und segelten schleunigst davon, nur fort von dem unheimlichen Ort!

Ein Mädchen von 15 Jahren besuchte Verwandte in Eckwarden. Als es den Rückweg antrat, brach schon die Dunkelheit herein. Bei Eckwarderhörne ging es auf dem Deich weiter, um über Stollhamm nach Hause zu gelangen. Vom Deich aus sah das Mädchen plötzlich viel Kriegsvolk auf dem Augustgroden. Weitere Truppen landeten. Auf der Jade waren Kähne und in der Mitte große Schiffe. Das Mädchen ging weiter. Da bemerkte es, dass es von einem Reiter begleitet wurde. Als es die Brücke betrat, war der Reiter wieder verschwunden. Das Mädchen erschrak in Dunkelheit und Einsamkeit und eilte weiter. Zu Hause angekommen, sank es in Ohnmacht. Als es wieder erwachte, erzählte es, was im widerfahren war. Dann wurde es von hitzigem Fieber befallen und starb nach wenigen Stunden.

Nachtmar: Manchmal legte sich ein geisterhaftes Wesen, ein Alb, auf eines Menschen Brust, drückte und bedrückte ihn so sehr, dass ihm schier der Atem stockte und er sich nicht mehr bewegen konnte. Diese Erscheinung kannte man auch in Butjadingen. Man sagte: „Dat Undeert ritt em." Manchmal wurden junge Männer im Schlaf von Mädchen gequält. Es begann damit, dass der Schlafende eine Last auf seinen Füßen fühlte. Sie kroch hoch und drückte zuletzt auf die Brust. Der so Gequälte wollte um Hilfe rufen, aber er brachte keinen Ton heraus. Verschwand der Nachtmahr endlich, kam der junge Mann schweißgebadet zu sich.

Wie konnte man sich davor schützen? Man sollte sich weder auf die linke Seite noch auf den Bauch oder den Rücken legen, sondern auf die Herzseite. Man sollte das Schlüsselloch mit einem Pfropfen verschließen. Außerdem wurde geraten, beim Zubettgehen die Schuhe so zu stellen, dass die Hacken an die Bettlade stießen. Da ein Nachtmahr nichts drehen und wenden konnte, musste er wieder verschwinden. Die Schuhe verwehrten ihm den Zugang. Wenn es aber gelang, das Schlüsselloch zuzustopfen, während der Nachtmar noch im Raum war, dann entpuppte der Peiniger sich oft als ein junges Mädchen.

Der Hexenglaube war in Friesland weit verbreitet. Manche Dörfer waren berüchtigt. Man behauptete, dort hausten Hexen, „Toversche" genannt. Als man in der Erde Töpfe aus Ton und andere Scherben fand, glaubte man, sie müssten von den Hexen stammen. Man wusste noch nichts von Vor- und Frühgeschichte.

Sechsmal im Jahr kamen die Hexen zu einem Hexenritt zusammen, in der Christnacht, in der Michaelis- und Mainacht, dann in der Pfingst- und Johannisnacht und Fastelavend. Jede Bauernschaft hatte ihre eigene Hexenrotte. Eine Hexe war der Hauptmann, sie sah jugendlich aus und ritt auf einem schwarzen Hund oder auf einer schwarzen oder gelben Katze. Eine ausgelernte Hexe konnte sich vom Zauber befreien, wenn sie drei Nachfolgerinnen das Hexen lehrte. Die Hexen trieben auch auf dem Meer ihr Unwesen. Sie verwandelten sich in Seehunde und neckten und verfolgten Schiffer und Fischer.

Im Kirchspiel Neuende im Rüstringerland lebte einst eine alte Witwe, die hielt man für eine Hexe. Kinder wagten sich nicht an ihr vorbei, auch die Erwachsenen gingen ihr aus dem Weg. Wurde jemand krank, bezichtigte man die

Hexe. War sie nicht kürzlich ins Haus gekommen, hatte sich etwas geliehen oder ein paar Äpfel geschenkt?

Sie hauste in einer eigenen Hütte, allein, nur in Gemeinschaft mit ihrer mageren gelben Katze. Die war auf dem Rücken kahl, weil die Hexe nachts darauf geritten war. Eines Abends sollte ein Knecht Garn bei ihr abholen, das sie gesponnen hatte. Als er in die Nähe des Hexenhauses kam, sah er durch das erleuchtete Fenster, dass in der Stube fröhlich getanzt wurde. Er klopfte an die Scheiben, da erlosch das Licht, die Haustür flog auf und an ihm vorbei sausten sechs oder sieben alte Weiber, die auf ihren Katzen ritten. Obwohl er Angst hatte, ging er ins Haus, um das Garn zu holen. Da saß die Alte in der Stube und gab zunächst keine Antwort. Ihre Augen funkelten wie Katzenaugen. Dann sprach sie mit matter Stimme und gab ihm das Garn. Flugs verließ der Knecht die Stube und die Hütte und hat nie wieder einen Fuß über die Schwelle dieses Hauses gesetzt.

Der Buttfang am Sonntag: Am äußersten Ende Butjadingens wohnte einst ein Fischer. An einem Sonntagmorgen zog es ihn hinaus zum Buttfang. Den üblichen Kirchgang ignorierte er.

Als er eben den Deich hinanstieg, hörte er die kleine Glocke der Langwarder Kirche so nahe, als sei sie dicht hinter ihm. Der Fischer überlegte, ob er nicht doch in die Kirche gehen sollte. Schon erklomm er die Kuppe des Deiches und sah vor sich das weite Watt. Am großen Priel entdeckte er einen Mann mit leuchtend roter Mütze. Der bückte sich wieder und wieder, ergriff einen Butt nach dem anderen und füllte seinen Beutel. „Was der kann, kann ich auch", dachte der Fischer. „Und was der darf, das darf ich auch. Trotz Sonntag."

148

Als Mittel gegen die Angst holte er seinen Flachmann aus der Tasche und nahm einen kräftigen Schluck. Jetzt lief er mutig ins Watt, folgte dem mit der roten Mütze und freute sich schon auf sein Fischerglück.

Auch er fing einen Butt nach dem anderen. Sie waren beide schon weit ins Watt hinausgelaufen, da erklang die Glocke der Langwarder Kirche so laut, als hinge sie dem Fischer über dem Kopf. Ihm wurde wieder ängstlich zumute, aber der Fremde winkte ihm zu und forderte ihn auf, ihm weiter zu folgen. Noch einmal genehmigte der Fischer sich einen gehörigen Schluck aus der Buddel und weiter ging's. Da hörte er beide Glocken auf einmal, so weit übers Watt und doch so nahe, als hingen sie vor seinen Ohren. Dem Fischer lief es eiskalt über den Rücken, aber der Fremde lockte ihn weiter. Zum dritten Mal setzte er die Flasche an. Als die Angst nicht weichen wollte, leerte er den Flachmann. Unheimlich war's. Der Beutel war bald bis obenhin gefüllt. Der Fischer warf ihn über die Schulter und rannte zurück, auf den Deich zu. Von allen Seiten drang die Flut unaufhörlich auf ihn ein. Zuerst reichte ihm das Wasser bis zu den Knöcheln, dann bis zu den Waden, kurz darauf bis zu den Lenden. Todesangst durchschauerte ihn. Er warf den vollen Beutel weit von sich und nutzte beide Arme zum Schwimmen. Als das Wasser seichter wurde, begann er zu laufen. Endlich hatte er wieder festen Boden unter den Füßen. Er gelangte ans Ufer und keuchte den Deich hinauf. Auf der Kuppe blieb er schnaufend stehen. Die Zähne klapperten aufeinander, weil er in der klatschnassen Kleidung erbärmlich fror.

Als er sich nach dem Fremden umsah, war der verschwunden. „Den Düvel ook!", rief der Fischer. Der Teufel hatte ihn verführt und er hatte sich verführen lassen.

Laut rief er einen Schwur vom Deich hinab: „Nie mehr in mien Leven goh ick sünndags na'n Buttfang. Nie nich!"

Im Land der Butjadinger Bauern sah man auf einem Gutshof oft in der Nebenstube einen Mann von kleiner Gestalt, angetan mit einem bunten Rock und einer weißen Nachtmütze. Er saß am offenen Schreibpult. Vor sich hatte er ein beschriebenes Blatt Papier, das er durchlas und dann zerriss. Die Fetzen verbrannte er über der Flamme einer brennenden Kerze.
Man erkannte in ihm den verstorbenen Hausherrn. Der hatte einst ein Testament vernichtet und war dadurch unrechtmäßig zum Besitzer des Gutshofes geworden. Nach seinem Tod fand er keine Ruhe und musste „wiedergehen". Da ließ der Sohn das Hinterhaus mit der Nebenstube abreißen und ein neues bauen.
Endlich war der Geist verschwunden. Der Alte hatte seine Ruhe gefunden.

An einem Sonntagmorgen fuhr ein Torfbauer aus Schwei mit seinem Knecht in aller Herrgottsfrühe mit einem Fuder Torf nach Butjadingen. Er wollte den Torf verkaufen. Als sie in Schwei zum Hexenweg kamen, begegnete ihnen ein Reiter auf einem Schimmel. Der Torfbauer, ein lustiger Kerl, hieb dem Tier mit der Peitsche über den Rücken und rief: „Hü, du olle Muulesel."
Sofort verschwanden Ross und Reiter. Den Bauern und seinen Knecht umgab urplötzlich undurchdringliche Finsternis. Sie konnten nicht mehr weiterfahren. Andere Fuhrleute kamen des Weges daher und riefen dem Bauern zu, er möge sie vorbeilassen. Er antwortete, das sei ihm nicht möglich wegen der tiefen Finsternis. Die ande-

ren fingen an zu lachen, denn der Vollmond schien doch hell. Merkwürdig!

Als der Torfbauer sich nicht vom Fleck rührte, stiegen die Fuhrleute von ihren Wagen, schoben das Hindernis aus dem Weg und fuhren weiter. Der Torfbauer konnte sich erst wieder in Bewegung setzen, als die Sonne aufgegangen war.

Seewiefken. Die Seewiefken hausten in der salzigen See. Nur manchmal ließen sie sich blicken.

An einem hellen Mittag sahen drei Männer ein solches Meerweib am Strand. Es kämmte die langen blonden Haare und war wunderschön anzuschauen. Ihre Brüste waren zierlich und weiß wie Alabaster. Ein so schönes Weib hatten die Männer noch nie gesehen. Lange betrachteten sie die herrliche Gestalt mit dem schlanken Fischleib und einer breiten Schwanzflosse statt der Füße. Als das Seewiefken die Männer bemerkte, verschwand es flugs im Wasser und ward nicht mehr gesehen.

Die Seewiefken singen verführerisch und winken den Schiffern zu. Sie versuchen, die Männer ins Meer zu locken. Wenn die Seewiefken sich am Bug eines Schiffes oder auf einem Wellenkamm zeigen, dann kommt ein Sturm auf und vorsichtige Schiffer ziehen schnell die Segel ein.

Werden Seewiefken von Menschen gefangen und gegen ihren Willen an Land gebracht, dann wissen sie sich zu wehren. Sie befreien sich und rächen sich, indem sie Stürme und Überschwemmungen schicken.

So mussten einst die Bewohner von Waddens mit dem Verlust ihres halben Dorfes dafür büßen, dass sie ein Seewiefken misshandelt hatten.

Smeerpott: In dem Kirchspiel Stollhamm heißt eine Flur „de Wisken". Dort lagen dicht beieinander zwei Bauernhöfe, die nannte man „grote Smeerpott" und „lüttje Smeerpott".

Vor langer Zeit hat im „groten Smeerpott" ein sonderbarer Mann gewohnt. Der verrichtete seine Feldarbeit zur Nachtzeit und fuhr auch nachts seine Frucht und den Torf ein. Pferde besaß er nicht, nur einen Wagen.

Eines Tages wollte ein Nachbar den Wagen ausleihen. Da meinte der Sonderbare: „Ja, du kannst ihn haben. Aber er ist leider noch nicht geschmiert." Am nächsten Morgen machte sich der Nachbar auf, um den Wagen zu holen. Der Besitzer schlief noch, aber der Nachbar wusste, wo der Smeerpott stand. Er schmierte die Naben der Räder. Als er sich mit dem vierten Rad befasste, setzte der Wagen sich von selbst in Bewegung und sauste in voller Fahrt davon. Inzwischen war der Hofbesitzer erwacht und rief dem Wagen nach: „Trienöhlken Smeer, kumm hier man her!" Der Wagen gehorchte dem Zauberwort und kehrte um. Wie gut, dass der Bauer zur rechten Zeit aufgewacht war. Wo wäre der Wagen sonst gelandet?

Der verdutzte Nachbar erzählte im Dorf, was er erlebt hatte. Fortan nannte man den Hof des Wagenbesitzers den „groten Smeerpott" und den seines Nachbarn den „lüttjen Smeerpott".

Die Unterirdischen: Unten in der Erde hausten einst die Zwerge. Im Rüstringer Land nannte man sie „Unnerdske". Sie sahen aus wie kleine Menschen, hatten einen großen, bärtigen Kopf, lange Arme, dünne, krumme Beine und doch eine große Körperkraft. Meistens waren sie bekleidet mit einer kurzen roten Jacke, grünen Hosen und einer roten oder weißen Zipfelmütze. Im Gürtel oder in der Tasche steckte ein kleines Messer.

In anderen Gegenden sprach man von Erdmännlein. Die Unnerdske waren sehr fleißig. In ihren Behausungen unter Erdhügeln, in Steinkammern oder unter den Häusern der Menschen fertigten sie kunstvolles Werkzeug aus Stein und Eisen an. Nachts kamen sie hervor, tanzten auf den Wiesen oder in den Kornfeldern. Dabei zerstampften sie Gras und Korn so sehr, dass es sich nicht wieder erholen konnte. Im Mondenschein konnte man zusehen, wie sie ihre Wäsche zum Trocknen auf den Hügeln ausbreiteten. Im Winter vergnügten sie sich auf dem Eis. An stillen Abenden hörte man das Eis knarren und knacken, wenn die Zwerge hier ihre Freude hatten. Zu Gesicht bekam man sie nicht. Aber die Alten wussten doch, wie die Unnerdske aussahen. Also mussten sie die Zwerge einst gesehen haben. Da sie jetzt unsichtbar waren, konnte man sie nicht auch nicht fangen. Unsichtbarkeit schützt.

Auf einer Wiese bei Tossens hütete einst ein Junge die Schafe. Er zitterte vor Frost und Hunger, setzte sich hinter einen Hügel und weinte. Plötzlich stand ein Unnerdske vor ihm und fragte, was ihm fehle. Der Junge antwortete, dass er Hunger habe und dass er friere. Der Kleine nahm ihn bei der Hand und verschwand mit ihm in dem Hügel, der sich von innen aufgetan hatte und sich hinter ihnen wieder schloss. Drinnen war es mollig warm. Auf der Herdstelle wärmten lodernde Flammen Töpfe mit Reisbrei. Das Männchen füllte eine Schale, reichte sie dem Jungen und sagte: „Nun iss und wärme dich!" Das Kind nahm einen Löffel voll Brei, der aber so heiß war, dass es sich die Zunge daran verbrannte. Deshalb blies es kräftig auf den Brei, um ihn abzukühlen. „Was machst du da?" fragte das Männlein verwundert und der Junge antwortete: „Der Brei ist zu heiß." Da wurde der Unnerdske zornig und schalt: „Euch Menschen kann man nichts recht machen. Du hast geklagt, draußen sei es zu kalt. Jetzt sitzt du hier im Warmen und bist wieder nicht zufrieden. Wie undankbar du bist! Geh doch wieder hinaus und friere weiter!" Schwupps! Schon fand sich der Junge auf der Wiese und fror wie zuvor.

Auch wir verlassen die Unterirdischen.

In diesen Sagen erfährt man, wie unsere Altvorderen sich Unerklärliches durch ihre Sagen erklärt und verklärt haben. Weil sie in der Erde Scherben und Steinwerkzeug der Vorfahren fanden, sich die Herkunft aber nicht erklären konnten, schrieben sie diese Spuren den Hexen zu. Weil sie um die Bedeutung der Jedutenhügel nicht wussten, machten sie die Aufschüttungen zu Behausungen der Unnerdske. Und so weiter. Es wäre eine bereichernde, aber sehr aufwendige Forschungsarbeit, die Zusammenhänge zwischen Erklärtem und Verklärtem herauszufinden, zwischen der Wirklichkeit und dem Unerklärlichen, zum Beispiel auf dem Gebiet der Sagen in Butjadingen. Eine interessante Aufgabe, für die ich leider zu alt bin.

Unsere Nationalhymne:

Hurra, Butjarland

Du liggst so stolt, so smuck un riek
dor an de Waterkant.
Dien gülden Ring, dat is de Diek,
dien Kleed dat gröne Land.
Kein bäter Land gifft unnern Heben.
Hurra, Butjarland, du schasst leben.
Hurra, Butjarland!

Dien Peer un Keuh gaht dör de Welt,
Dien Schäpen wiet un siet.

Von männig starken, stolten Held
vertellt de ole Tiet.
Keem Graf un Bischop ook is faken,
se kunnen di doch all nix maken.
Hurra, Butjarland!

Dien Jungens, de sünd risch un stolt
un jeden steiht sien'n Mann.
Se staht jüst as een Boom in't Holt
un seggt: "Fat mi nich an!"
Se haut dorup, as weer't old Iesen,
jüst as de olen, freen Friesen.
Hurra, Butjarland!

Dien Deerns hefft Ogen blau un klar
un Rosen up de Back'n.

Se hefft dat moje geele Haar.
De Schelm sitt jem in'n Nack'n.
So weer dat all in ole Tieden:
Butjenter Deerns mag jedeen lieden.
Hurra, Butjarland!

Wenn't Water hen na See to geiht,
wenn avends de Betglock klingt,
Wenn't ruschelt in dat hoge Reit
un wenn de Lauerk singt,
Denn klingt un singt dat unner'n Heven:
Hurra, Butjarland, du schasst leven!
Hurra, Butjarland !

Quellennachweis

Neben den vielen Informationen, deren Herkunft schon im Text angegeben wurden:

„Sagen des Landes Oldenburg", Lührs, 1946
„Stammeskunde deutscher Landschaft", Herausgeber: Dr. Paul Zaunert

„Friesische Stammeskunde, deutscher Sagenschatz" und „Friesische Sagen von Texel bis Sylt", 1928, herausgegeben von Dr. Paul Zaunert im Verlag Eugen Diederichs, Jena

„Friesische Sagen und Erzählungen" von C.P Hansen, 1858, Altona, herausgegeben von Dr. Paul Zaunert

„Geschichte, charakteristische Züge und Sagen der deutschen Volksstämme" von O. Klopp, 1851, Leipzig

„Norddeutsche Sagen" bei Kuhn und Schwarz 1848, Leipzig

„Die Sagen der Heimat aus Volksmund" von Benno Eide Siebs, 1923. Bremerhaven

„Aberglaube und Sagen aus dem Herzogtum Oldenburg" von L. Stackerjan, Oldenburg i. O.

„Deutsche Märchen und Sagen" von J.W. Wolf, 1845, Leipzig

„Die Friesen, das Volk am Meer" von Franz Kurowski, 1884, Gesellschaft für Literatur und Bildung, 1984, Köln

„Niedersächsisches Hausbuch"; Herausgeber: Diethard H. Klein, 1982, Bibliothek Rombach

„Butjadingen, Wissenswertes, Liebenswertes" 1967 herausgegeben vom Rüstringer Heimatbund

„Auf dem Siel" von Walter Looschen, 1973, Verlag Christians Hamburg